文春文庫

更衣《きさらぎ》ノ鷹《たか》

下

居眠り磐音（三十二）決定版

佐伯泰英

文藝春秋

目次

「居眠り磐音」 主な登場人物

佐々木磐音（ささき いわね）

元豊後関前藩士の浪人。直心影流の達人。旧姓は坂崎。師である佐々木玲圓の養子となり、江戸・神保小路の尚武館佐々木道場の後継となった。

おこん

磐音の妻。磐音が暮らした長屋の大家・金兵衛の娘。今津屋の奥向き女中だった。

今津屋吉右衛門（いまづや きちえもん）

両国西広小路の両替商の主人。お佐紀（さき）と再婚、一太郎が生まれた。

由蔵（よしぞう）

今津屋の老分番頭。

佐々木玲圓（ささき れいえん）

直心影流の剣術道場・尚武館佐々木道場を構える。内儀はおえい。

速水左近（はやみ さこん）

将軍近侍の御側御用取次。佐々木玲圓の剣友。おこんの養父。

依田鐘四郎（よだ かねしろう）

佐々木道場の元師範。西の丸御近習衆。

松平辰平《まつだいらたつぺい》
佐々木道場の住み込み門弟。父は旗本・松平喜内《きない》。廻国武者修行中。

重富利次郎《しげとみとしじろう》
佐々木道場の住み込み門弟。土佐高知藩山内家の家臣。

霧子《きりこ》
雑賀衆の女忍び。佐々木道場に身を寄せる。

小田平助《おだへいすけ》
槍折れの達人。佐々木道場の客分として長屋に住む。

品川柳次郎《しながわりゅうじろう》
北割下水の拝領屋敷に住む貧乏御家人。母は幾代《いくよ》。

竹村武左衛門《たけむらぶざえもん》
陸奥磐城平藩下屋敷の門番。早苗など四人の子がいる。

弥助《やすけ》
「越中富山の薬売り」と称する密偵。

桂川甫周国瑞《かつらがわほしゅうくにあきら》
幕府御典医。将軍の脈を診る桂川家の四代目。

四郎兵衛《しろべえ》
吉原会所の頭取《かしら》。

徳川家基《とくがわいえもと》
将軍家の世嗣。西の丸の主。

小林奈緒《こばやしなお》
磐音の幼馴染みで許婚《いいなずけ》だった。小林家廃絶後、江戸・吉原で花魁《おいらん》・白鶴《はつかく》となる。前田屋内蔵助に落籍され、山形へと旅立った。

坂崎正睦《さかざきまさよし》
磐音の実父。豊後関前藩の藩主福坂実高《ふくさかさねたか》のもと、国家老を務める。

『居眠り磐音』江戸地図

新吉原
山谷堀
東叡山 寛永寺
忍ケ岡
上野
不忍池
下谷車坂町
下谷広小路
新寺町通り
浅草
待乳山聖天社
浅草寺
聖天町
今戸橋
竹屋ノ渡し
向島
花川戸町
常泉寺
新堀川
吾妻橋
源森川
業平橋
品川家
小梅村
十間川
北割下水
首尾の松
今津屋
石原橋
本所
吉岡町
天神橋
法恩寺橋
新シ橋
柳原土手
浅草御門
両国橋
南割下水
入江町
横川
金的銀的
長崎屋
回向院
松井橋
竪川
薬研堀
浮世小路
若狭屋
大川
六間堀
鰻処宮戸川
魚河岸
竈河岸
猿子橋
新高橋
新大橋
小名木川
日本橋
日本橋川
鎧ノ渡し
万年橋
霊巌寺
深川
砂村新田
亀島橋
金兵衛長屋
霊岸島
八丁堀
仙台堀
永代橋
永代寺
鉄砲洲
富岡八幡宮
越中島
堺橋
佃島

護国寺
中山道
日光御成街道
面影橋
小石川
伝通院
本郷
下谷茅町
石切橋
牛込
豊後関前藩
上屋敷
湯島天神
神田川
神田明神
牛込御門
水道橋
表猿楽町
尚武館佐々木道場
駒井小路
駿河台
筋違橋御門
昌平橋
田安御門
市谷八幡宮
神保小路
九段坂
俎橋
雉子橋
内藤新宿
四谷大木戸
市谷御門
一橋御門
千鳥ヶ淵
鎌倉河岸
善国寺谷通
麹町
江戸城
神田橋
四谷
本丸
大手御門
四谷御門
半蔵御門
一石橋
道灌堀
西の丸
平川天満宮
和田倉御門
呉服町
馬場先御門
鍛冶橋御門
南町奉行所
比丘尼橋
数寄屋橋御門
清水谷
溜池
三十間堀
木挽橋
氷川明神
原宿
木挽町
愛宕権現
長谷寺
宝泉寺
麻布村
麻布広尾町
増上寺
芝

更衣ノ鷹（下）

居眠り磐音（三十二）決定版

第一章　誘い音《ね》

一

安永《あんえい》八年（一七七九）二月、桜の便りがそろそろ南から聞こえようかという時候になって急に寒さがぶり返した。

尚武館《しょうぶかん》道場では朝稽古《あさげいこ》の始まりに、息が白く見えたり、井戸端の水を張ってあった桶《おけ》の表面を薄氷が覆ったりもした。

この朝も、住み込み門弟の神原辰之助《かんばらたつのすけ》など、片手に濡《ぬ》れ雑巾《ぞうきん》をぶら提げながら、道場を爪先《つまさき》立ちで歩き、

「冬に逆戻りでは桜の便りどころではないな」

と身を縮めた。

「遼次郎《りょうじろう》さん、寒くないですか」

「心頭滅却すれば火もまた涼しです」

「ほう、若先生の義弟は心がけが違いますね。すでに悟道の境地ですか」

「それが、正直申せば厳しゅうございます」

「安心しました」

と辰之助が笑った。

尚武館では朝稽古の始まりに、住み込み門弟衆が横一列になって雑巾がけをした。なにしろ二百八十余畳の広さだ。端から端へ腰を屈《かが》めて拭《ふ》いていくと、それだけで息が上がるほどだった。その行為は、床を清めると同時に足腰を強くする鍛錬の意味もあった。

数往復したところで、井筒《いづつ》遼次郎が辰之助に最前の話を蒸し返した。

「磐音《いわね》先生は格別です。それがし如《ごと》き凡人には窺《うかが》い知れませぬ」

二人の会話を聞いていた田丸輝信《たまるてるのぶ》が、

「養父母を敬い、恋女房を大事になされ、己に厳しく他人に優しく、酒はほどほどにして賭場《とば》や遊里通いなど決してなさらぬ。これ、門弟一同の手本じゃが、朴《ぼく》念仁《ねんじん》と言えぬこともない。われら門弟一同にはいささか窮屈な手本である」

と宣《のたも》うた。

「そのようなことが」

辰之助が田丸の言葉を阻もうとした。

「辰之助、そなた、そうは思わぬか」

「若先生の生き方を云々《うんぬん》しようなど、おこがましゅうございます」

「若いわりにはお堅いではないか。でぶ軍鶏《しやも》や痩《や》せ軍鶏の入門したての頃のように、もそっと柔軟な考えになれぬか。今や優等生になった利次郎《としじろう》や辰平《たつぺい》が、情けのう感じておるぞ」

「いけませぬ、そのような考えは」

「辰之助、それがいかぬあれがいかぬの考え方が、いかぬのだ。若いうちは奔放自在に生きたほうが人間らしいわ」

「われら住み込み門弟の暮らしに不満があると言われるのですか」

「禅宗の修行僧のように禁欲的ではないか」

「われら住み込み門弟は、臨済宗の坊様と同じ五欲を絶って修行に励むのですから、当然暮らしぶりは似てきましょう。田丸様は五欲を抑えきれておられぬのですか」

「人間、欲望は本然の要求だ。抑えては人間の育ちが歪《いびつ》になろう。そうは思わぬか」

「無欲になにかに取り組む。そのような時代があってもよいのではありませんか。われら、たれしも自ら望んで尚武館に住み込んだのですからね。ささっ、雑巾がけを終えて稽古をしましょう」

再び田丸らが雑巾がけの隊列に加わった。

尚武館から姿を消したおこんは、数日後、無事に戻ってきた。

その一件は限られた門弟に知らされたが、何事もなかったように平常の日課に戻った。

通い門弟は別にして、同じ釜《かま》の飯を食し、稽古に汗を流す住み込み門弟は、

「尚武館」

が徳川家と深い縁を持ち、ために徳川家安泰のために密《ひそ》かに先頭に立っていることを承知していた。それはだれがだれに伝えて知ったわけではない。

こたび、おこんが姿を消したのもそのことと関《かか》わりがあった。いや、あるはずだと辰之助らは感じてはいたが、取り立ててそのことを口にする者はだれもいなかった。

騒げば敵方の思う壺《つぼ》と承知していたからだ。

雑巾がけが終わり、小田平助《おだへいすけ》の指導する富田天信正《とだてんしんしょう》流槍折《やりお》れを使った棒振りから稽古が始まった。

この稽古が取り入れられた当初、門弟の大半はすぐに息が上がった。だが、段々とこつを呑《の》み込み、体ぜんたいの筋肉を使って棒振りができるようになると、息が上がるまでの時間が少しずつ延びてきた。そして、知らず知らずのうちに足腰が鍛えられ、打ち込み稽古でその成果が出始めた。

それは最初、通いの門弟衆が、

「近頃、急に若い連中に粘りが出てきたとは思わぬか。伸び盛りのときは、かようなことがないこともないが、住み込みの若い面々一同、力を付けたようだぞ」

と言い出し、小田平助の槍折れの稽古が尚武館で急に脚光を浴びることになった。

「ほう、餅搗《もちつ》き名人は、剣術上達指導の達人でもあったか」

と噂《うわさ》が流れ、早朝の槍折れの稽古に中堅の門弟衆が加わった。

そんな槍折れの稽古が終わり、本式に打ち込み稽古に移ろうとしたとき、

「田丸どの、稽古をいたそうか」

と磬音が田丸輝信に声をかけた。

「えっ、若先生、それがし、本日の一番手にございますか」

「遠慮なさるか」

「いえ、その」

「剣術の稽古には、五欲を忘れさせる力がないこともない。いかがか」

「えっ、五欲を忘れるとは……まさか若先生、それがしの独り言を聞かれたわけではございますまい」

「雑巾がけの折りは思わぬところまで声が通るものにござる」

「えっ、雑巾がけの列におられたのですか。あれは内緒ごとにございまして、本心ではございませぬ」

「いや、正鵠《せいこく》を射た言葉と、感服して聞いており申した」

「しまった！　えらいことを」

と絶句した田丸輝信に元師範の依田鐘四郎《よだかねしろう》が、

「輝信、しっかりと稽古をつけてもらえ。その上で吉原通いの元気があれば、田丸輝信も一人前の剣術家じゃ」

と尻《しり》を叩《たた》いたため、田丸は覚悟を決めた。

四半刻《しはんとき》（三十分）も経《た》たぬうちに尚武館の床に長々と田丸の体が伸び、辰之助らが手足を持って井戸端に連れ出した。顔に水をかけられて意識を取り戻した田丸が、朦朧《もうろう》とした表情と呂律《ろれつ》の回らぬ口で、

「ご、ごかんべんください、それがし、もはや、た、立っておられませぬ」

と言い訳した。

「しっかりせぬか、輝信」

「ううっ、さ、寒い。どうした、この寒さは」

「井戸端に河岸《かし》の鮪《まぐろ》のように転がっておれば、寒さも応《こた》えよう」

と仲間たちの顔が田丸を見下ろした。

「ふうっ」

と息を吐いた田丸がゆっくりと上体を起こした。

「田丸様、過日、若先生が羽根村金次郎《はねむらきんじろう》につけられた稽古に比べれば、赤子の遊びのように可愛いもの。そのような稽古で正気を失うとはどういうことです」

「言うな、辰之助！」

「五欲は霧散しましたか」

「遼次郎、辰之助、そなたら、若先生が雑巾がけの列に加わっておられることを

承知で、おれを唆《そそのか》したな」

「人聞きが悪うございます。私が遼次郎さんと話しているところに、勝手に田丸様が割り込んできたのです」

「なぜ若先生がおられると教えなかった」

「私たちも知りませんでした。ともかく、もはや手遅れ。明日から若先生のご指導の一番手は田丸様で決まりです」

「うーん」

田丸は両手で頭を抱えた。

井戸端の田丸輝信の困惑とは別に、道場では元師範の依田鐘四郎と小田平助が厳しい打ち込み稽古の最中で、熱の籠《こも》った二人の稽古に触発されたように、他の門弟も手抜きのない、打ち込み稽古を展開していた。

「養父上《ちちうえ》、小田平助どのに、師範も本気にさせられたようです」

「鐘四郎は西の丸様御用でなかなか尚武館に顔を出せぬからな。鐘四郎は未だ尚武館師範に心を残しており、それがご奉公の励みになっておる。鐘四郎をその気にさせただけでも、効果は測り知れぬわ」

「われら、どれほど心強いことか」

磐音の言葉に頷《うなず》いた玲圓《れいえん》が、

「それはそれとして、おこんを伴い、金兵衛《きんべえ》どのの家に顔を出してこぬか」

むろん、おこん無事救出の第一報はすぐに金兵衛に知らされていた。だが、金兵衛は、

「尚武館に嫁にやったおこんです、煮て食おうと焼いて食おうと、好きになさってくだせえ」

と痩せ我慢を張って答えたそうだ。

「鵜飼百助《うかいももすけ》様から、研ぎができたとの知らせが来ております。包平《かねひら》を受け取りかたがた、本所から深川を訪ねます」

「こたびは金兵衛どのを案じさせたでな。おこんを得て、娘を手中から手放した親の気持ちが分かったわ。今夜はあちらに泊まり、金兵衛どのを精々労《いたわ》るがよい」

磐音とおこんが尚武館の門を出ようとしたとき、屋敷奉公の中間《ちゅうげん》が尚武館の前に立って、門内を窺い、見送りに出た遼次郎らの稽古着姿を見て、

「こちらは尚武館道場にござえますか」

と声をかけた。まだ在所訛《なま》りが抜けきれないところをみると、江戸に出てそう経ってはいないようであった。

「いかにも尚武館にござる」

磐音が答えると、三十前後のお仕着せ半纏《はんてん》を着た中間が、

「佐々木《ささき》磐音様とおっしゃるお方はおられべいか」

と問うた。

「それがしが佐々木磐音にござるが」

「ああ、あなた様が佐々木様」

中間は、ほっと安堵《あんど》の表情を見せた。

「この界隈《かいわい》をうろうろして、門番に胡乱《うろん》な目で見られましただ」

「それは苦労なされたな。で、どちら様からのお遣いですか」

「はっ、はい。わたすは、いえ、わっしは重富《しげとみ》家の中間盛平《もりへい》にございまして、高知からの文を持参いたしました」

朴訥《ぼくとつ》そうな中間は懐《ふところ》から書状を差し出した。

宛名は尚武館佐々木磐音とあり、重富利次郎からのものだった。

「藩の御用船で、この文が届いたそうにございますだ」

重富利次郎は、土佐高知藩山内《やまのうち》家の便船に重富家宛ての書状を願い、そこへ尚武館佐々木磐音への書状を同封したようだ。

磐音が受け取った書状は薄いもので、潮の香りがそこはかとなく文から漂ってきた。

「磐音様、高知の香りにございましょうか」

おこんが訊く。

「どうやらそのようじゃ」

田丸ら住み込み門弟が、利次郎からの便りというので磐音のもとに集まってきた。

「わっしはこれで」

使命を果たした中間が尚武館を辞去しようとした。

「帰り道はお分かりですか」

おこんに問われた中間が眩《まぶ》しそうに見返し、

「ご、ご新造さん、帰り道だけは分かるだ」

と答えると、ぺこりと頭を下げて尚武館を去っていった。

「若先生、お帰りを待たねばなりませんか」

辰之助が、利次郎からの書状を開封するのは磐音の帰宅を待ってのことか、と遠回しに催促した。

「辰之助どのにそう言われると、このまま出かけるわけにはいかぬな。おこん、しばし待ってくれぬか」

おこんに願った磐音は、佐々木家の片番所の門番が控える板の間の小上がりに腰を下ろし、潮の香りを漂わす書状を披《ひら》いた。

磐音の隣におこんが浅く腰をかけ、二人の周りを利次郎の仲間たちが取り囲んだ。

磐音は文を両手で捧げ持ち、無事に届いたことを感謝すると、走り書きされた文に目を落とした。

「南国高知には花の便りが聞かれ始め、江戸より一足先に桜の季節を迎えそうにございます。

尚武館の大先生、お内儀《ないぎ》様をはじめ、若先生、おこん様、門弟衆には、お変わりなくご壮健にお過ごしのことと拝察致します。

本日、高知の津より江戸屋敷に向けて便船が出帆するというので剣術仲間と見送りに出ましたところ、父の同輩の用船奉行どのより、江戸への書状を出したい者あらば藩の御用嚢《のう》に入れてつかわすとのお言葉、湊《みなと》の船問屋の店頭で取り急ぎ一筆認《したた》めました。

それがしは益々堅固にて高知の藩風にも馴染《なじ》み、道場で稽古を積みつつ仲間らと山谷海浜を歩き廻《まわ》っては、高知の諸々を教わっております。

父に同道して高知入り致した折り、山内家のこと重富家のこと、全く無知であった己を恥じております。父は御用の後始末に忙殺され、今しばらく城下滞在が続くとのこと。それがし、精々その間に国許《くにもと》のことを見聞勉強したく日々を過ごしております。

若先生からの書状に、松平《まつだいら》辰平が筑前《ちくぜん》福岡藩入りをするとございましたが、旅の空で辰平と再会致したく父に願うております。

磐音先生、おこん様、かように利次郎は元気横溢《おういつ》しておりますれば、ご安心下さい。それはそれとして朋輩《ほうばい》の田丸様方が、それがしの高知入りは婿《むこ》入り先を考えてのことなどと妄想逞《たくま》しゅうしておられる光景が目に浮かびます。ですが、そのようなこと一切これなく、ご安心下されたく願い上げ候」

と一気に読んだ磐音は、

「あとは養父へ宛てた文だ。霧子《きりこ》、そなたが届けよ」

と畳んだ薄い書状を霧子に託した。

霧子は、磐音とおこんにだけ察せられる感謝の笑みを返し、母屋に重富利次郎の書状を運んでいった。

当然、霧子を気遣う文言が付記されていることを、磐音も霧子も承知していたからだ。

「南国高知はもはや桜の季節を迎えるのですね」

おこんがしみじみと感慨のこもった言葉を洩《も》らした。

「おこん様、利次郎さんは筑前福岡に辰平さんを訪ねそうですね」

辰之助の言葉には羨望《せんぼう》があった。

「辰之助さん、あなたにもいつの日か必ず、このような出番が回ってきますよ」

「うちは親父様が頑固ゆえ、一人旅など許してくれそうにありません」

「利次郎さんも、江戸を発《た》つ前は、お父上と話したことがないとかあれこれ申されていましたが、今やお互いが理解し合い、助け合うようになられました。さぞご自慢の倅《せがれ》どのでございましょう」

「そう、とんとん拍子にうまくいくかな。私が尚武館に住み込むのだって、直参《じきさん》旗本の子弟がなぜ神保小路《じんぼうこうじ》に住み込みなどせねばならぬ、と文句たらたらでしたからね」

　辰之助は顔をしかめた。

「辰之助どのは神原家の嫡男《ちゃくなん》ゆえ、利次郎どのとはいささか事情が違おう。じゃが、なにも辰平どの、利次郎どのの修行を見習うことはない。辰之助どの、そなたにはそなたに合うた修行もあろう」

「はい」

　磐音の言葉を辰之助が素直に聞いた。

「おこん、いささか出るのが遅うなった。参ろうか」

　磐音がおこんに改めて誘いかけ、番所の小上がりから立ち上がった。

　再び遼次郎らに見送られて神保小路を出たとき、九つ半（午後一時）の頃であった。

　春の陽射《ひざ》しは明るさを増していたが、陽射しの中に冬の寒気が潜み、凛《りん》とした空気が武家地を覆っていた。

　二人が今津屋《いまづや》を訪ねたとき、すでに八つ（午後二時）近くになっていた。

「おこん様」

　帳場格子《ごうし》から由蔵《よしぞう》が飛び出してきて、土間で下駄を突っかけるのももどかしげにおこんに飛び付いて喜んだ。

おこんが勾引《かどわか》されたことを、由蔵以外の奉公人は知らされていなかった。ため
に老分《ろうぶん》番頭由蔵の興奮ぶりに、奉公人が訝《いぶか》しげに、かつ唖然《あぜん》として見ていた。

由蔵はおこんの手や肩を触り、

「よかった、ようございました」

と涙を流さんばかりだ。それを見たおこんも瞼《まぶた》を潤ませ、

「老分さん、ご心配をおかけいたしました。こんは、このとおり元気にございます」

と由蔵の手を取り、詫《わ》びた。

ふうっ、と息を吐いた由蔵が思いついたように、

「これ、小僧さん、奥にな、佐々木様とおこん様が参られていると知らせてください」

と命じると、宮松《みやまつ》が奥へ飛んでいった。

二

磬音とおこんは、今津屋の吉右衛門《きちえもん》とお佐紀《さき》の主夫婦《あるじ》に由蔵を交えて、座敷で眠る今津屋の跡継ぎ一太郎《いちたろう》の顔を見ながら、四半刻ほどあれこれと話し合った。

おこんが、田沼意次《おきつぐ》の愛妾《あいしょう》、

「神田橋のお部屋様」

の行列に連れ去られたことを由蔵から聞き知っていた夫婦は、

「おこん様が無事にお戻りになられたと聞き、お佐紀ともども仏壇の前で涙を流し、ご先祖様の霊に感謝申し上げましたよ」

「ご先祖様ばかりか、神棚の前で八百万《やおよろず》の神々にお礼を申し上げました」

とおこんの手をとり、心から安堵した様子を見せた。

おこんは、長年今津屋の奥勤めをし、身内同然だった。ゆえに第二の実家ともいえた。

この今津屋から家治の御側御用取次《おそばごようとりつぎ》速水《はやみ》家に養女に入り、磬音のもとに嫁いでいた。町娘としてではなく武家娘として佐々木家に嫁ぐためだ。

そのような吉右衛門とお佐紀だけに、喜びようは尋常ではなかった。その様子を見ながら老分番頭の由蔵は、

「保元《ほうげん》・平治《へいじ》の乱で敵対する勢力を一掃して、太政大臣に昇りつめ、娘を高倉天

皇に入内《じゆだい》させた上、官職を一門で独り占めにした平清盛様とて、凋落《ちようらく》の秋《とき》はやってきました。今に見ておれ、田沼意次め」

と歯軋《はぎし》りした。

「老分さん、私が迂闊《うかつ》でした。いくら桂川甫周《かつらがわほしゆう》先生の名を出されたからといって、奥に相談もせず軽々しく出かけたのが間違いでした」

「おこんさん、神保小路と桂川家の屋敷がある駒井小路《こまいこうじ》はご町内のように近い。その上、白昼です。桜子《さくらこ》様のお加減が悪いと使いの者にほのめかされましたら、駆け付けるのが人情というものです」

由蔵は怒りが収まらないという顔付きを見せた。

「おこんさん、嫌な記憶にございましょうが、この由蔵には不思議なのでございますよ。まさか、力ずくで行列の乗り物かなにかに引きずり込まれたというわけではありますまい」

「老分さん、それがぼおっとしてよく分からないのです」

おこんが困惑の体《てい》で洩らした。

「おこんが申すには、神保小路と小川町の辻《つじ》を曲がろうとしたとき行列が現れ、その途端、ふわりとした妖気《ようき》に五体が包まれたかと思うと、次の瞬間には別の世に連れ去られたような気分で、身が現《うつつ》にあるのか、幻夢へ移されたのか、分からなかったというのです」

おこんに代わって磐音が答えた。

おこんを尚武館に連れ帰った磐音は、二人きりになった床の中でおこんに訊いてみた。その折りの答えがこれだった。

「今思い出しても、なんとも不思議な気分なのです。眼差《まなざ》しの端に女乗り物の行列が、と思いながら辻を曲がろうとした途端、魂がこの身から抜けたようで、そのあとのことを磐音様に繰り返し訊かれましたが、夢現の時が流れていったとしか答えようがないのです」

とおこんも言い足した。

「なんということが。神田橋のお部屋様は、妖術でも使われるのでしょうか」

「老分どの、それがしが表猿楽町《おもてさるがくちょう》の速水邸前で対決した丸目喜左衛門高継《まるめきざえもんたかつぐ》と歌女《うため》が遣う妖術を二人から伝授されたか、あるいは歌女が同道していたか、どちらかでございましょう」

「そのような女を側室にするなど、いよいよもって田沼様の驕《おご》り極まれりです」

由蔵が憤激の体で言い切った。

「若先生、老分さんがかように怒るには、それなりの理由《わけ》がございましてな」

吉右衛門が言い添えた。

磐音が吉右衛門を見た。

「どういうことにございますか」

「私どもが坂崎《さかざき》磐音様と知り合うきっかけになりましたのは、南鐐二朱銀《なんりようにしゆぎん》騒ぎでした。明和《めいわ》九年（一七七二）が安永元年と改まった年、田沼様が老中職に就かれ、その秋に、粗悪な南鐐二朱銀がそれまでの金貨同様の値で通用するとして市場に出回りました。ためにわれら両替商はきりきり舞いさせられ、両替商の中には店を潰《つぶ》されたところもございました」

磐音は思い出していた。

粗悪な南鐐二朱銀に加えて偽《にせ》南鐐二朱銀が市中に出回り、南鐐の流通に反対する両替商阿波屋《あわや》一統と、なんとか幕府の新通貨を守ろうとする今津屋一派の間で熾烈《しれつ》な戦いが展開され、血も流れた。そしてなんとか今津屋派が勝利し、これをきっかけに吉右衛門は江戸の両替商六百軒を束ねる両替屋行司《ぎようじ》に就いたのだった。

「あの折り、老中になられたばかりの田沼様は、南鐐二朱銀が広く市場に流通するよう幕閣の一員として進んで動かれました。いわば私どもと同じ立場にございました。その折り、貨幣改鋳を悪用しての金儲《かねもう》けを学ばれましたか、こたびは反対の立場で南鐐二朱銀に関わってこられました」

という吉右衛門の言葉を受けた由蔵が、

「明和九年の南鐐鋳造以来、二朱は金銀つき混ぜて同じ価値として通用してきましたが、段々と金より銀の二朱銀の流通が増えて、市場は混乱に落ちております。どうやらこの混乱の背後で旗を振っておられるのが、田沼意次様と思えるのです」

「また明和九年のような通貨騒ぎが起きると言われますか」

磬音の問いに、吉右衛門と由蔵が大きく首肯《しゅこう》した。

「未だその仕掛けは分かっておりません。ですが、必ずや田沼様が表に出て参られます」

事と次第によっては、南鐐二朱銀の大量鋳造と市場への出回りが原因で金融危機が起こると、今津屋の主従は案じていた。そして、その背後に田沼の影がちらついているというのだ。だが、それ以上のことは述べようとしなかった。

一太郎の成長ぶりに話題を移してさらに四半刻ほど時を過ごし、今津屋をあとにした。

「おこん、いささか遅うなったが、鵜飼百助様の屋敷を訪ねる前に、金的銀的《きんてきぎんてき》の朝次《あさじ》親方に挨拶《あいさつ》しておきたい。そなたを助け出すために親方の知恵を借りたでな」

とその経緯《いきさつ》をおこんに説明した。

「私のために大勢の方が動いてくださったのですね」

「なにしろ相手が相手、こちらも無い知恵を絞らぬとな」

おこんと磐音が楊弓場《ようきゆうば》の金的銀的に立ったとき、娘たちに送られて客が出ていった。着流しの遊び人風の男だった。

「おや、尚武館の若夫婦がお揃《そろ》いで姿を見せられるとは、男雛女雛《おびなめびな》一対のご入来ですな」

朝次はおこんの無事を冗談で喜んでくれた。

「男雛女雛にしてはいささか老けておる」

と磐音が笑い、おこんが、

「親方、ご心配をおかけいたしました」

「とんだ災難でしたな、おこんさん」

と朝次が答えるところに、十五、六の矢場女が朝次のもとに来て、

「親方、最前の客が支払った南鐐銀、おかしいよ」

と見せた。

それを受け取った朝次が、ちらりと貨幣を見て軽く噛《か》んだ。

「おさん、こいつは幕府の鋳造したほんものだ。安心しな」

と偽貨でないと娘の手に戻した。そして、磬音を見ると、

「幕府では、小判など金貨と南鐐銀はすべて鋳造を以《もつ》て製造すべし、と公言されておられますが、このご時世の金貨銀貨は、吹替、吹直、吹改で、鋳造されたものではございません。そこへ、偽金銀造りの悪人どもが容易《たやす》く入り込みやがる。こいつらの拵《こしら》える偽銀とお上の南鐐銀が、またよく似てやがるんでさ。金座銀座で偽金を作っているとしか思えませんや」

と嘆いた。

磬音は今津屋で聞いたばかりの南鐐二朱銀の大量「鋳造」の陰に、市場を混乱に陥らせる偽貨流通があることを目の当たりにしたのだ。

磬音とおこんが鵜飼百助から包平を受け取り、応分の研ぎ料を払って研ぎ場を出ようとすると、百助老が、

「若先生、長いこと預かっておった刀二振りじゃが、ようやく研ぎの方策が立ったのでな、近々仕事にかかろうと思う」

と言った。

この二振りは、尚武館が大規模な増改築をなした折り、地面の下に埋まっていた刀で、玲圓が鑑定と研ぎを依頼したものだった。鵜飼百助老の見立てでは、

「由緒正しき刀」

かもしれぬと自ら研ぎを引き受けていた。

「急ぎはいたしませぬ」

「いや、年寄りの勘では、この刀が佐々木家に要《い》る日が来るような気がしてな」

と百助は答えたが、磐音はその言葉の意味をさほど気に留めず、ただ頷いただけだった。

六間堀北之橋詰の、

「深川鰻処宮戸川《うなぎどころみやとがわ》」

を経て、金兵衛の家に辿《たど》りついたとき、すでに夕暮れの刻限だった。

どこを訪ねてもおこんの無事を喜んでもらい、早々に辞去するわけにはいかなかったからだ。そのような次第で、薄暗くなりかけた木戸口で左官常次《つねじ》の女房お

いまとばったり会った。

「あら、おこんちゃん、久しぶり。元気そうね」

おしまの目がおこんのお腹《なか》あたりにいった。おしまらはむろん、おこんの危難を知らない。

「その分じゃあ、子が生まれる兆しはなさそうだね」

「残念でした、おしまさん」

生まれ育った六間堀に戻り、おこんは、武家の言葉遣いから深川のそれへと変わっていた。

「夫婦仲がいいとなかなか子が生まれないというけど、ほんとなんだね」

とおしまがさらに言い足し、

「どてらの金兵衛さんは、最前、寒いから仕舞い湯に行くと出かけたよ。帰りに蕎麦《そば》でも啜《すす》ってくるんだと」

「ならば、それがしが迎えに参ろう」

磐音が応じて、研ぎ上げられた包平の包みをおこんに渡した。

おこんは生まれ育った地、磐音にとっても勝手知ったる深川六間堀の暮らしだ。阿吽《あうん》の呼吸で動けた。

「お願い、蕎麦屋に立ち寄る前にお父っつぁんを摑《つか》まえて。折角鉄五郎《てつごろう》親方が腕を揮《ふる》ってくれる鰻を一緒に食べたいもの」

「相分かった」

磐音が再び六間堀に向かうと、その背に常次の、

「へえ、おこんちゃんとこは今晩鰻か。豪儀だねえ。うちは鰤《ぶり》大根の粗煮だぜ。だいぶ差があるな」

「稼ぎが悪いんだから仕方ないだろ」

おしまが亭主に剣突《けんつく》を食らわせる声が、寒さとともに磐音の背に流れてきた。

六間湯の暖簾《のれん》を分けると、若おかみのおちよが番台から、

「あら、金兵衛さんとこの婿様のご入来だわ」

と声をかけてきた。

「舅《しゆうと》どのはまだ湯に入っておられようか」

「私が出るまで湯を落とすんじゃないよ、と釘《くぎ》を刺して入ったところですよ。どうです、尚武館の若先生、偶《たま》には深川の町湯に入って体を温めるってのは」

「その言葉、いささか惑わされそうじゃな」

「なら、どうぞ」

心得たおちよが番台から手拭《てぬぐ》いを出してくれた。

「よし」

と腰から大小を抜いた磐音に、

「お腰のものはこちらで預かるわ」

とおちよが言った。

「願おう」

磐音は藤原忠広《ふじわらただひろ》と脇差《わきざし》をおちよに渡すと、懐の財布を出そうとした。

「若先生、仕舞い湯よ。湯銭なんぞとれるものですか」

と湯銭も受け取らなかった。

「それは困った」

「そんなことより、湯を落とさないうちに入ったり入ったり」

磐音はおちよの言葉に急《せ》かされ、脱衣場で衣服を脱ぐと洗い場に下りた。

石榴口《ざくろぐち》の向こうから金兵衛の、

「梅にうぐいす、萩《はぎ》に鹿《しか》、猪鹿蝶《いのしかちょう》にはまだ足りーぬ
ああ、ちょんがいな」

といい加減に俗謡を唸《うな》る声が響いてきた。

磐音は早々にかけ湯をすると石榴口を潜《くぐ》った。

薄暗い灯《あか》りのもと、湯船に金兵衛の白髪《しらが》頭が一つだけ浮かんでいた。

「舅どの」

「おや、婿どのか」

金兵衛の顔に笑みが浮かんだ。

「先夜はご苦労でしたな」

金兵衛が磐音に先手を取って言った。

おこん無事の知らせは、救出直後に金兵衛のところに真っ先に齎《もたら》されていた。この騒ぎで受けた金兵衛の心の痛手は、救出の知らせに霧散していた。金兵衛ほど一人娘のおこんの身を案じた人物もいまい。だが、金兵衛は愚痴ひとつ零《こぼ》さず、磐音の行動を黙って遠くから見ていたのだった。

そのような諸々の感情は口にせずとも以心伝心の舅と娘婿の間柄になっていた。

「蕎麦屋に寄らずにうちに戻ってくださいとのおこんからの言伝《ことづて》です」

「蕎麦の代わりになんぞ食おうって話ですかな」

「宮戸川の鰻が届きます」

「蕎麦から鰻へ鞍替《くらが》えか、悪くないね。今晩はうちに泊まっていく気だな」

「養父の命にもございますれば」

「ほう、尚武館の大先生がそんなことを命じられましたか」

「精々金兵衛どのを労るがよい、と」

「ふっふっふ」

と含み笑いをした金兵衛はますます上機嫌になりかけたが、慌《あわ》てて両手で湯を掬《すく》い、顔を洗うふりをした。危うく涙が零れそうになったのを磐音に見せたくなかったのだ。

「そうだ、昼間、地蔵《じぞう》蕎麦の親分に会いましてね。そしたら親分がすうっと、この金兵衛に寄ってきたと思いなせえ。いきなり、尚武館の若先生は水臭い、なぜ、おこんさんの危難、わっしらに声をかけてくれなかったかと、さんざ文句を聞かされましたよ」

「舅どの、事が事ゆえ、どなたのお力にも縋《すが》るわけにはまいりませんでした」

「まあ、こっちは分かっていても、地蔵の親分らは知らないからね。仲間甲斐《がい》がないと文句をつけたんだろうよ」

「地蔵の親分のその気持ちだけでわれらには十分です」

「夕の字が相手だ、事は容易じゃないや。おこんが無事に戻ってきたのは、めっけものでしたな」

　と応じた金兵衛が、

「戦はこれで終わったわけではありますまい。砂村新田のお妾《めかけ》の行列が夜な夜な橋を渡るというんで、近頃、陽《ひ》が落ちて橋を往来する人の数が少なくなっているそうだ」

「行列に遭《あ》うとなにかございますので」

「おこんのように勾引されたって話は聞かないが、あの行列に出会うと、大人でも熱が出たり、子供なんぞは悪寒《おかん》に震えがくるんだと」

　磐音はおすなの行列が醸し出す妖気のせいか、と思った。

　金兵衛がもう一度顔をつるりと手で洗うと、

「婿どの」

　といつものふざけた口調とは違った険しい語調で呼びかけた。

「なんでござろうか」

「おまえさんは、わっしの家にはできすぎた婿だ、こいつはたれにも文句は言わせねえ。だが、亀の甲より年の劫《こう》とも世間では言わあ。一つだけ金兵衛の言葉を聞いてくれませんか」

「なんぞご不満がおありなら忌憚《きたん》のう言うてくだされ。佐々木磐音、改める料簡は持っているつもりです」

「ほれ、それがいけねえ。おまえさんはすぐ相手を立てるからな。こいつはしがない深川暮らしの年寄りの愚痴でさ」

「何なりとお話しくだされ」

「おまえさんは敵を知らずして戦っておいでのようだ。いや、この金兵衛が、おまえさん方の戦う相手を知っているなんぞと言っているんじゃありませんよ。おまえさんの周りには、両替屋行司今津屋、上様の御側御用取次速水様、御典医桂川先生、それになにより玲圓大先生と、田沼意次をとくと承知の方々がおられましょう」

金兵衛は磐音の胸の中《うち》を察したように制した。

「入り用ならばたれもが教えてくださるはずとおまえさんは腹の中で考えていなさるね。年寄りの勘があたっているかどうかは知らないが、たれもが、田沼のような百戦錬磨の狸親父《たぬきおやじ》と互角に渡り合うには、武術の腕ばかりでは足りねえ、時に汚い策も要ると思っていなさる。だがね、佐々木磐音という人はあまりにも純真無垢《むく》だ。ただ剣術のことばかりを純粋に考えておいでのお方だ。それゆえに、田沼のような清き水にも泥水にもたっぷりと手を染めた相手のことについて、おまえさんに話すことを躊躇《ためら》っていなさるのさ。たとえば、おまえさんが今津屋吉右衛門の旦那《だんな》の内懐に飛び込み、田沼意次のことを洗いざらい教えてくださいと頭を下げれば、これまで躊躇って口にしなかったことまでも話してくれるんじゃないかと、どてらの金兵衛はそう思ったのさ。いやね、的外れの推量かもしれねえ。耄碌《もうろく》爺の与太かもしれねえ。おまえさんの顔を見て、なんとなくそう思ったのさ」

金兵衛の言葉は磐音の頭を、

がつん

と金槌《かなづち》で殴りつけたほどの衝撃で響き、五体を震わせた。

しばらく湯の中で、じいっと身を竦《すく》ませて金兵衛の言葉を考えていた磐音がにっこりと笑った。

「舅どの、それがしはなんとも能天気にございました。舅どののお言葉に、目の前の霧がさあっと搔《か》き消えた気持ちにございます」

「私の言葉を分かってもらえましたかえ。やっぱり、おこんの婿様は三国一の人物だ」

金兵衛の呟《つぶや》きが六間湯に静かに響いた。

三

「さて、体も温まりました。過日のお約束どおり、おこんと三人で酒を酌み交わしましょうか」

磐音はなにか迷いを吹っ切った口調で金兵衛に言いかけた。

「世の中、捨てたもんではないわいな、
婿と娘と酒を飲む、
ほれ、ちょんがいな」

満足げな金兵衛の声が湯屋に響いて、磐音は湯船から上がった。

二人が深川六間堀の長屋の路地まで戻ったとき、鰻の蒲焼《かばやき》の香ばしい匂《にお》いが漂ってきた。そして、

「親方から、おこんさんの無事のお祝いだからお代は貰《もら》ってきちゃいけねえって、くれぐれも言い付かってきたんだ。駄目だよ、お代は」

と言う幸吉《こうきち》の声が聞こえてきた。

「困ったわ」

「親方の気持ちを素直に受けなよ、おこんさん」

磬音が玄関口に立つと、

「師匠の言われるとおり、こたびは素直にお受けいたそう」

と磬音が声をかけた。

「浪人さんの言うとおりだ」

幸吉が振り返って笑った。

磬音が幸吉のことを師匠と呼ぶには理由があった。

深川暮らしを始めたとき、なにも知らない磬音に生計《たつき》のあれこれを教えてくれたのが幸吉だったからだ。

「幸吉、うちの婿どのは公方《くぼう》様から拝領されたお屋敷でよ、代々直心影《じきしんかげ》流を直参旗本や大名家の家来に教えていなさるんだ。浪人さんはないだろうが」

と金兵衛が文句をつけた。

「金兵衛さん、昔の口癖だ、許してくんな。だがよ、この言葉がおれの口をついて出るようじゃあ、浪人さんの行く末はまだ前途多難だぜ」

「幸吉師匠の辻占《つじうら》では、未だ佐々木磬音の運命定まらずかな」

とにこにこ顔で応じた磐音が、

「幸吉、どうじゃ、今宵《こよい》はうちで夕餉《ゆうげ》を食していかぬか」

と誘《いざな》った。

「えっへっへ」

と笑った幸吉が、

「親方もね、今晩浪人さんに誘われたら、金兵衛さんのとこでしばらくなら話してきていいってさ。もっとも、金兵衛さんがどう言うかな。親子三人水入らずを邪魔しやがって、と考えている顔付きだもの」

と金兵衛の顔を覗《のぞ》き込んだ。

「鉄五郎親方から、たしかに許しを得てうちに来たんだな、幸吉」

「そうだよ、金兵衛さん」

「なら、仕方ないな」

幸吉の顔がようやく綻《ほころ》んだ。

「幸吉とともに夕餉を食するなど、久しぶりじゃな」

「いつ以来だろう」

答える幸吉の耳に、

「あら、鉄五郎親方ったら、四人前の蒲焼を岡持ちに入れてあるわ。最初からこっちの話はお見通しね」

「ね、おれが言ったとおりだろ、金兵衛さん」

金兵衛の居間に四つの膳《ぜん》が並べられ、おこんが酒の燗《かん》をつけて、

「お父っつぁん、このたびは心配をかけました」

とまず金兵衛に酌をした。

「おこん、先に亭主でなくていいのか」

「磐音様にはいつでもお酌ができるもの」

「ちぇっ、親の前でのろける娘がいるものか」

と言いながらも金兵衛は嬉《うれ》しそうに猪口《ちょこ》を取り上げた。

「お父っつぁんがどれほど案じてくれていたか、磐音様からさんざ聞かされたの。こうやって無事に磐音様のところに戻れたのも、お父っつぁんが私の身を案じてくれたからよ。だから最初にお酌をさせてくださいな」

「普段言わないことを言うねえ。なんだか、家ん中が曇ってきやがるじゃねえか」

金兵衛の目が潤み、酒を注《つ》ぐおこんの手も震えた。

「浪人さんにはおれが注いでやろう。今晩のおこんさんの手付きじゃ危なっかしいもの」

幸吉がおこんから燗徳利を取り上げて磐音に差し出した。

「師匠に酒を注いでもらうとは恐縮至極にござるな」

幸吉はなかなか手馴《てな》れた手付きで酒を注いだ。

「浪人さんに話があるんだ」

「なんでござろうな」

「親方がさ、つい先日から、浪人さんがおれに残していってくれた包丁で鰻割《うなぎさ》きをしていいって、許しをくれたんだよ」

「なに、割き台を貰《もろ》うたか」

「浪人さんが使っていた割き台だよ」

割き台とは大きな板台と角まな板を置き、鰻を割く仕事場のことだ。

宮戸川も当初は井戸端に平まな板を置いて鰻を割いていたが、宮戸川の名が江戸に知れ渡ったため、店の作業場は改造され、板の間に板台と角まな板を置いて、磐音と松吉《まつきち》と次平《じへい》が三人並んで鰻を捌《さば》くようになっていた。

鰻職人は割き台を貰って一人前と認められた。まだ年若い幸吉が割き台を貰ったのも、幼い頃から本所深川の堀で鰻捕りをして生計を助け、鰻のことをよく承知していたからだ。

「それはよかった。ご出世おめでとうござる」

「へっへっへ」

と笑った幸吉が、

「まだ、浪人さんが割いていた半分の数しかこなせないけどよ。親方は、鰻を割くのは何十匹でも、お客はその一匹を賞味なさるんだ。百匹割いて三匹傷ものがあったんじゃ、三人のお客が、宮戸川の鰻はこんなものかと不満に思って帰りなさる。五十匹でいいから丁寧《ていねい》に仕事をしろって、口を酸っぱくして包丁のすべりを止めなさるんだ」

「鉄五郎親方の言われることに間違いはない。宮戸川では何百匹何千匹と鰻を割いてきたが、ある日親方から、鰻の一匹一匹の命を貰ってわっしらは暮らしを立てておるんでございますよ、徒《あだ》や疎《おろそ》かに鰻を割いたのでは鰻が成仏できませんや、一匹一匹を精魂籠めて割くのが大事なんでございますよ、と教えられたことがあった」

「それそれ。親方がさ、鰻もこの世に生をうけて必死に生きてきたんだ、人間様の口に入るために生まれてきたんじゃあるめえ。そいつの命を貰って商いをさせてもらうことを忘れちゃならねえって、毎朝言い聞かされるぜ」

「親方の一言一句を肝《きも》に銘じて、立派な鰻職人になってくだされ」

「ああ、そうするよ」

と幸吉が頷き、

「金兵衛さん、洟《はな》が垂れてるぜ。おこんさんはこうして無事なんだし、元気を出して酒を飲みなよ」

と徳利を差し出した。金兵衛が慌ててどてらの袖《そで》で鼻を拭《ぬぐ》ったが、

「洟なんぞ垂れてねえじゃねえか。幸吉の野郎の口先につい乗っかったよ」

と言いながらも空の猪口を差し出した。

「洟垂れ小僧がいつの間にか、宮戸川の割き台の前に座るようになったなんて、婿どの、嬉しいね」

「それがしの後継が宮戸川に育ちました」

磐音も金兵衛も幸吉から酌をしてもらい、

「幸吉さんになにかお祝いを考えなきゃね」

とおこんも笑みを浮かべて磐音を見た。

「おこんさん、浪人さん、そいつはまだ早いよ。割きは三年焼き一生って、おれたちの上がりは炭場の前に立ってからが勝負だってさ。そんとき、渋団扇《しぶうちわ》の一枚も贈ってくんな」

「あらあら、幸吉さんに世の中の道理を教えられたわ」

「へっへっへ」

と笑った幸吉が、

「おこんさん、違うんだよ」

「違うってなにが」

「割き台の前に座っていいって親方に許しを貰った日に、親方が家に知らせに行っていいぞって許しをくれなさったんだ」

「親御どのはさぞ喜ばれたであろう」

「浪人さん、おれ、そんとき、家に知らせに行かなかったんだ」

「あら、どうしたの、幸ちゃんたら」

「おこんさん、おれ、最初に知らせたかったのはおそめちゃんなんだ。だから、必死で縫箔屋《ぬいはくや》の江三郎《こうざぶろう》親方のところに走ったんだ」

幸吉の顔が真剣味を増した。

磐音もおこんも黙って幸吉の話す言葉に耳を傾けた。

「それでさ、縫箔屋の店先に立って、そおっと作業場を覗いたらさ、おそめちゃんが綺麗《きれい》な金糸の針を持ってよ、険しい顔付きで一針一針着物地に刺しているじゃねえか。それを見て、おれ、身が縮まったよ。おそめちゃんの真剣さのこれっぽっちもおれにはねえってことが分かったんだ。割き台貰っただけで有頂天になっちまって、深川から大川を渡っておそめちゃんに知らせに走ったおれは、なんて情けねえ野郎なんだってね」

「それでどうしたの」

「そのまま鉄五郎親方のもとに戻ったよ」

「えらいわ、幸吉さん」

「えれえのはおそめちゃんだよ。おれなんかと覚悟が違うもの」

「いや、さすがはそれがしの師匠じゃ。いの一番に知らせたい人のもとまで大川を走り渡ったそなたの気持ちはよう分かる。さらにおそめちゃんの仕事ぶりにはっと我に返り、黙っておそめちゃんの仕事場をあとにした気持ちも察せられる。その二つの気持ちに素直に従うた幸吉は、それがしの師匠に相応《ふさわ》しい人物じゃ」

「浪人さん、おれはおそめちゃんの足もとにも及ばねえ。つくづく情けなく思ってさ」

「幸吉、人それぞれ修行のやり方は違う。たれも真似《まね》をしてよいということもあるまい。それがし、そなたの素直さに正直感服しておる」

「そうかい。親方に家に知らせろって言われたのに、おれはおそめちゃんのところに走ったんだぜ」

「鉄五郎親方はすべて見通しておられよう。幸吉、おそめちゃんの一針にかける真剣な眼差しを忘れずにいてもらいたい」

「そうかねえ、そうだよな。おそめちゃんはおそめちゃん、おれはおれだものな。いつの日か一人前の縫箔職人と鰻職人になれたときがきたら、あんとき、おれはおそめちゃんに仕事とはなにかを教えられたって、正直に話すよ」

「それでよい」

磐音は手にした猪口の酒を嬉しそうに飲み干した。

ふと見ると、金兵衛の両の眼からとめどなく涙が零れ落ちていた。おこんも気付いたとみえて、

「お父っつぁん、どうしたの」

「おそめも幸吉も、おしめをしていた時分から知ってるが、ようもここまで立派

に育ったと思ったら、なんだか泣けてきちまってな。歳《とし》はとりたくないもんだぜ」

「あらあら」

おこんが手拭いを差し出した。

「この分じゃ、私に子が生まれでもしたら、どてらの金兵衛さん、どうなるのかしら」

「なにっ、おこん、生まれそうなのか」

金兵衛が涙顔を娘に向けた。

「生まれたらって言っただけよ」

「なんだい、親を驚かせて」

「ささっ、お汁を温めるわ。鉄五郎親方のお気持ち、頂戴《ちょうだい》しましょうよ」

おこんの言葉に三人の男たちが頷いた。

鉄五郎親方の厚意の鰻を食した後、磐音は幸吉を宮戸川まで送っていった。親方に一言、自らおこんの無事を告げ、鰻の礼を述べたかったからだ。

六間堀沿いには例年よりも厳しい寒気があった。だが、磐音と幸吉は鉄五郎親方の鰻を食して身も心も満足していた。

「浪人さん、ほっとしたぜ。おれ、だれかに聞いてもらいたかったんだ」

六間堀の河岸道に出たとき、手に岡持ちを提げた幸吉が言った。

「おそめちゃんのことじゃな」

幸吉が頷いた。

「おれが割き台を貰ったくらいで、おそめちゃんのところに知らせに行ったなんておそめちゃんが知ったら、おれはその場で怒られていたと思うよ、きっと。危ないところだったよ」

「幸吉、おそめちゃんはそなたが来たことを承知しているのではないか」

「えっ、どうして。あんなに真剣に仕事をしていたんだぜ」

「確かなこととは言えぬ。じゃが、そなたが店の前に立ったことにおそめちゃんは気付いていたのだと、最前から考えておる」

「そんな」

幸吉が立ち止まって、磐音を見上げた。

六間堀の常夜灯に浮かんだ幸吉の顔には、狼狽《ろうばい》とも不安ともつかぬ戸惑いがあった。

「おそめちゃんはすぐにも作業台の前から立ち上がり、なにがあったのかとそなたに尋ねたかったのだと思う。じゃが、おそめちゃんはしっかり者だ。いい加減な奉公ぶりを僅《わず》かでも男衆《おとこし》の朋輩の前で見せて、ほれ、みろ、女なんて入れるから半端な仕事しかできないと謗《そし》られないよう、必死で頑張っているのだ。そなたが必死で店に駆け付けたのを承知していながらも、仕事に没頭したふりをしていた。そしてそなたもその姿に気付いて、はっと我に返った。おそめちゃんもえらいが、そなたもよく耐えた」

「おれはおそめちゃんの仕事の邪魔しに行ったのか」

呆然《ぼうぜん》とした声を幸吉は洩らした。

「いや、なにがあったか知らぬが、黙って縫箔屋の店先から戻ったそなたの心情を思い、おそめちゃんは、心の中でそなたに手を合わせ、会うてじかに話せぬ立場を詫びておったに違いない。幸吉、そなたの気持ちはしかとおそめちゃんに通じておる」

「そうか、そうだよな」

幸吉の声に明るさが戻ってきた。

二人は六間堀の北之橋近くまで戻ってきていた。当然、宮戸川は店仕舞いをして、灯りも落ちていた。

磐音は店奥に灯《とも》された灯りが表に洩れるのを見て、鉄五郎親方は未だ起きていると思った。

そのとき、寒さの中に馴染みの妖気が漂ってきた。

「幸吉、塀際に身を避《よ》けられよ」

岡持ちを提げた幸吉を黒板塀へと連れていった。

「どうした、なんだか体の中がぞくぞくしてきたぜ」

幸吉の声が震えていた。

六間堀の冷気が、黒板塀を背にした二人の眼前に渦を巻いた。

「なんぞ用か、丸目歌女どの」

磐音の問いに、北之橋の欄干《らんかん》に薙刀《なぎなた》を携えた丸目歌女がおぼろに浮かんだ。体から妖気は放っていたが、殺気は感じられなかった。

「爺《じい》様の仇《あだ》を討つ」

「今宵か」

「いや、更衣《きさらぎ》二十一日夜半九つ（十二時）」

歌女が日時を指定した。

「承知。場所はいずこか」

「爺様の墓前」

「丸目高継どのの墓前とな。して場所は」

「仙波喜多院《せんばきたいん》」

「ほう、川越城下喜多院に葬られたか」

「しかと受けたな」

「聞き申した」

「そなたの命、残り僅か。その日が命日と思え」

北之橋の欄干に黒雲が渦巻き、それが掻き消えたとき、丸目歌女の姿はなかった。

「浪人さん、今の気味が悪い娘はだれだい」

「あの者の爺様、丸目高継どのと戦いにおよび、それがしが勝ちを得た。ためにそれがしを仇と狙《ねら》う孫娘じゃ」

「孫娘が爺様の仇を討つのか」

「丸目どのは左腕の傷が因《もと》で亡くなられたそうだ」

「ふーん」

と応じた幸吉が、

「信用ならねえ娘だぜ」

と呟いた。

磐音は、なぜ歌女が日時も先、さらに江戸を離れた川越の仙波喜多院に戦いの場を指定したか、その真意を考えていた。

四

翌早朝、おこんを伴った磐音は、両国橋を渡った。

七つ（午前四時）前のことだ。江戸はまだ闇《やみ》の中にあり、どんよりとした寒気が両国橋を覆っていた。雪でも降りそうな寒さだった。

おこんには、夜が明けてから駕籠《かご》を雇い、神保小路に戻ってこぬかと磐音は言った。だが、おこんの返事は、

「磐音様、また私がたれぞに勾引されてもよいのですか。夫婦は一心同体、死ぬも生きるも一緒です。寒さくらい、亭主どのと一緒ならなんともございません」

とはっきりとしたものだった。

「おこん、そなたが姿を消したことを舅どのに告げたとき、どのように答えられたか、そなた、推量できるか」

「お父っつぁんのことです。川向こうに嫁に出した娘、どのようなことがあろうと知ったことではございませんと、痩せ我慢を通してみせたのではありませんか」

「さすがは実の娘、鋭いな。あの肚《はら》を括《くく》られた言葉は痩せ我慢であろうか」

「磐音様、どてらの金兵衛は、たかだか深川六間堀の裏長屋四軒を差配する人間です。ですが、一人娘のこんがどのような相手のもとに嫁に行ったかを、神保小路の尚武館道場という、陰から公方様を支える佐々木家の運命に従い、いつ何時命を失うかもしれないことを、承知の親にございます。いえ、今津屋に奉公するときも、深川六間堀に戻ってくるつもりの奉公をするんじゃない、お店《たな》に殉ずる気持ちで働け、それがおまえの選んだ道だと送り出した親です」

「おこん、そのことをそれがし、考えもしなかった。武家の家に生まれたそれがしは、いつしか侍だけの驕った考えを持つようになっておった。そのことを、そなたがおらぬ間、舅どのの潔い言葉と覚悟に教えられた。佐々木磐音、なんという愚か者であったかと、恥じておる。舅どのもそなたも、なんと肚の据わった人物であったか」

「見直したかしら」

「おこん、舅どのもそなたもこの磐音にはもったいない」

「ふっふっふ」

とおこんが笑った。

川面から身を切るような風が吹き上げてきて、おこんが磐音に寄り添った。

「金兵衛さんの言葉は痩せ我慢よ。そうとでも言わなきゃ、身が持たなかったのよ」

「いや、違う。舅どのはそれがしの義親《おや》でもあり、大恩人じゃ」

「おや、今度は大恩人なの。買い被《かぶ》りすぎね」

「剣術馬鹿が頭をがつんと殴られて、ようやく目が覚めたのだ。師であり、恩人じゃ」

「なんだか今朝の亭主どのはおかしいわ。実の親を悪《あ》しざまに言われるよりは嬉しいけど、なんだか変よ」

二人は両国橋を渡り切った。

「おこん、まあ、見ておれ。本日からこの磐音、金兵衛どの直伝の教えに従い、行いを正す」

「お父っつぁんの言葉を真に受けて大丈夫かしら。なにをやらかそうというの」

「まずは、吉原に参ろうかと思う」

「あらあら、吉原に行くと女房に公言する亭主がおりますか」

「いかぬか」

「そういうことは女房に黙って行くものなんじゃないの」

「そうか、黙って行くものか」

「おかしな亭主どのね。お父っつぁんが吉原通いを勧めたの」

「そうではない」

「待って」

おこんが考え込んだ。

人込みが絶えた両国西広小路の路面を冷たい風が吹いていく。

だが、おこんも磐音も寒さを感じることはなかった。寄せ合ったお互いの肌の温もりを感じ合って歩いていた。

「分かった。幸吉さんを宮戸川まで送っていったとき、鉄五郎親方になにか言われたのね」

「そうではない。鉄五郎親方には礼を述べて、幸吉を引き止めたことを詫びてきただけじゃ」

「おかしいわね」

「おこん、しばらく黙って見ていてくれぬか。いや、そなたに願いがある」

「改まって願いだなんて、なにかしら」

「そなたを勾引す騒ぎが二度と起こらぬ保証はない」

「磐音様、不注意でした。私の軽率が招いたことでした」

おこんはそのことを詫びた。

「そのようなことを言うておるのではない」

「家基様を巡るどなたかからの策が険しさを増したということね」

「説明の要もあるまい。西の丸様の周りから桂川国瑞《くにあきら》どのが外され、それがしの剣術指南役も辞めさせせられた。そればかりか、速水左近《さこん》様のお話では股肱《ここう》の臣が一人また一人と外されていく」

「近々なにかが起こるということかしら」

「おこん、そなたの身に起こったことを考えてみよ」

「私に出来ることがありますか」

「養父上と養母上《ははうえ》を頼む」

おこんの足が止まった。

「まさか」

磐音は、おこんが口にできなかった言葉を容易に理解することができた。

「ともかく、われらの身辺になにが起こっても不思議ではない。その折り、驚き騒いではならぬ」

「磐音様が死ぬときはおこんもお伴をいたします。嫁に来たときからの覚悟にございます」

「おこん、勘違いいたすな。われら夫婦は、生も死も喜びも哀《かな》しみも一緒じゃ。死だけではない」

「はい」

おこんは返事をすると、

「さあ、尚武館に戻りましょう」

と止めた足を再び踏み出した。

磐音とおこんが尚武館に戻ったとき、道場内から奇妙な緊迫が伝わってきた。

おこんを離れ屋に送るとその足で磐音は道場に向かい、出入口の前で足を止めた。暗がりに身を潜めた磐音は気配を消して道場の内部を覗いた。

道場ではいつものように小田平助が槍折れの稽古を住み込み門弟らに指導していた。

見所《けんぞ》に珍しくも速水左近の姿があり、見知らぬ武家と硬い表情で話しながら尚武館の稽古を見物していた。そして、見所下には武家と思える武芸者が三人座していた。

いずれも鍛え上げられた体とふてぶてしい風貌を持ち、落ち着き払った態度で槍折れを見ていたが、その視線には、

(なんだ、田舎《いなか》くさい稽古をしおって)

といった表情が窺えた。三人は永の屋敷奉公をなしてきたとは思えない危険な雰囲気を醸し出していた。

磐音は、尚武館の稽古を敵愾心《てきがいしん》の籠った目付きで見る四人の正体がだれか思い当たらなかった。

「戻ったか」

と玲圓の声がした。振り向くと玲圓の手に真剣があった。

「どなた様にございますか」

「田沼意次様用人、三浦庄司《みうらしょうじ》どのじゃ」

「速水様がお連れになったのでございますか」

「いや、そうではない。速水様が見えた直後に突然、尚武館の稽古を見物したいと見えたのだ。稽古見物と申されるお方は、どなたもお断りしたことがない尚武館じゃでな」

いよいよ田沼一派が尚武館の前に立ち塞《ふさ》がり、威嚇《いかく》してきたということか。

「養父上、そのお刀は」

「三浦どのから、直心影流奥傳を真剣にて拝見したいと頼まれたでな」

「養父上、それがしが代わるわけには参りませぬか」

磐音は田沼意次の側近が直々に尚武館の朝稽古を見物しに来た理由を慮《おもんぱか》った。

尚武館の道場主は佐々木玲圓その人だ。

暗闘を繰り返してきた敵方にいきなり玲圓を出すわけにはいかないと、咄嗟《とっさ》に心を決めたのだ。

「そなたが相手をしてくれるか」

「未熟ながら相務めさせていただきます」

頷いた玲圓が話柄を転じた。

「おこんの姿を見て金兵衛どのは喜ばれたであろうな」

「はい。さすがはおこんの父親、それがし、教えられるところが多々ございました」

「ほう、いつかその話を聞かせてくれぬか」

玲圓と磐音は笑みを交わし合うと、道場の外廊下から道場に入っていった。それをすぐに速水左近が認め、どことなくほっと安堵の表情を見せた。だが、その顔に笑みはなかった。

「お待たせ申しました」

玲圓は見所に近付き、速水の隣に座す武家に詫びた。

振り向いた三浦用人の顔付きに、商人《あきんど》の打算と小賢《こざか》しさを見たと、磐音は思った。

「磐音どの、深川に参られていたそうな」

「おこんと実家を訪ねておりました」

と答える磐音に頷き返した速水左近が、

「三浦どの、この仁が、尚武館佐々木道場の後継、磐音どのにござる」

と口添えし、磐音に視線を向け直した。

「磐音どの、老中田沼様のご側近三浦庄司どのじゃ」

「おお、そなたが高名な跡継ぎどのか。先頃まで西の丸様の剣術指南をなされておられたそうな。ご苦労に存ずる」

三浦が鷹揚《おうよう》に言った。

磐音を値踏みするような眼差しであり、うすら笑いが不気味だった。

「佐々木磐音にございます」

「わが屋敷でも度々尚武館の話が家臣どもの口の端にのぼるでな、本日は思いきって押しかけて参った。稽古の邪魔ではないかな」

と三浦庄司が言った。

しゃくれ顔の痩せた体付きで、上目づかいに磐音を見た。武家の眼差しではなかった。

「尚武館はどなたにも門戸を開いた道場にございますれば、そのような気遣いは無用に願います」

と答えた磐音に頷き返した三浦が見所下の三人に、

「そなたら、尚武館の稽古を見て腕がうずうずしておるのではないか」

と声をかけた。

「三浦様、さすがは江都《こうと》に名高い佐々木道場にございます。商売繁盛にて重畳《ちょうじょう》と存じます」

「法螺聡介《ほらそうすけ》、言葉遣いも知らぬかと佐々木どの父子に蔑《さげす》まれるぞ。玲圓どのの直心影流奥傳披露《ひろう》はあとにして、若先生に稽古の相手をしてもらえ」

三浦が、法螺と呼ばれた大兵《だいひょう》を嗾《けしか》けた。

どうやら三浦は直々に尚武館の実力を探りに来た様子だ。

「ほう、お許しが出ましたか」

「最前、申されたではないか。尚武館はたれにも門戸が開かれた道場とな」

「三浦様、その言葉を聞き逃しておりました」

法螺聡介が立ち上がった。

磐音は許しを求めるように玲圓を見た。

「田沼様は諸国から人材を募り、武芸の達人を召し抱えておられると巷《ちまた》の噂に聞いた。法螺どのもそのお一人と思う、稽古をつけてもらえ」

玲圓の言葉を法螺がうすら嗤《わら》いで聞き、

「こちらでは一々親父どのに稽古の許しを得る習わしにござるか。ご丁寧なことよ」

　と言い放ったものだ。

　その言葉には構わず、玲圓がぽんぽんと手を叩くと、

「稽古、やめ」

　と道場の門弟衆に命じた。

「法螺どの、稽古着に替えられますか」

　磐音が問うた。

「われら、最近まで諸国行脚の修行にあってな、一々稽古着などに着替える猶予はない真剣勝負が常でござった。本来剣術修行というものは、あれこれ形式やら道具立てに拘《こだわ》り始めると武芸修行の禍《わざわい》になろうかと存ずる。そなた、どう考えられるな」

「いかにも法螺どののお考え、理に叶《かの》うた考えかと存じます」

「ならばこのまま真剣ではどうか」

　法螺が朱塗りの大剣を手に磐音を挑発した。

「法螺、真剣とはいささか剣呑《けんのん》であろうが。のう、玲圓どの」

　三浦が法螺を窘《たしな》める様子を見せながら、玲圓を値踏みするように言った。

「あいや、こちらは千代田の御城近く、大名家や直参旗本の門弟が多い尚武館にござる。三浦どのも申されたように、いささか剣呑でござろう」

速水左近が執り成すように口を挟《はさ》んだ。

「やはりのう、上様の御側御用取次どのが見物される前でいきなり刀を抜いて稽古では、理屈がつくまい」

三浦がせせら嗤いを浮かべた顔で頷いた。

「わが直心影流は、常在戦場を心掛けており申す。お望みとあらば、真剣にての稽古も厭《いと》いませぬ」

玲圓の言葉に、

「なにっ」

と法螺聡介がいきり立った。

「よいな、磐音」

「心得ました」

磐音は手にしていた包平を腰に差し戻すと羽織を脱いだ。

先手をとったつもりが玲圓の一言で立場が逆転した法螺聡介が、大剣を腰に差した。

「三浦様にお伺いいたします」

磐音が用人に視線を向けた。

「むろんこの場の稽古で怪我《けが》を負い、死に至ろうと、尋常の稽古の中で起こったこと、一切互いに責めはなし、これでようござろう」

磐音の言葉を待つまでもなく三浦が言い放った。

「有難き思《おぼ》し召しにございます。されどそれがしが伺いたかったのは、そのことに非ず」

「では、なにか」

「お仲間二人も稽古をお望みですか」

うむ、と返答に詰まった三浦が法螺の朋輩を見た。

「万々法螺の二番手が要るとも思えぬが、そなたら、どうじゃ」

「三浦様、それがし、道場主どのとの稽古を所望いたす」

と瘦せた武士が応じ、三番手が無言で頷いた。

「尚武館では、玲圓がいきなり稽古の指導をなすことはございませぬ。まずそれがしがお相手つかまつります」

「法螺どのの勝負の後、そなたが健在ならばな」

「いかにも、さようなこともございましょう。ですが、尚武館ではただ今門弟の稽古の時間にござれば、こちらの稽古に長い時は割けませぬ」

「どうしろというのだ」

と二番手が性急に訊いた。

「どなた様でございますな」

「神道一心流《しんどういっしん》櫛淵利兵衛《くしぶちりへえ》」

「そちら様は」

磐音は三番手にも訊いた。

「古流駿河梅円《こするがばいえん》」

笑みを浮かべて頷いた磐音が、

「法螺どの、櫛淵どの、駿河どの、それがしとの真剣での稽古、ご一緒にいかがか」

「なにっ」

と法螺が赤ら顔に青筋を立てて激昂《げっこう》した。

「面白い」

と櫛淵が立ち上がり、最後に駿河が従った。

行きがかり上、法螺が先陣を切るように磐音の前一間に位置をとり、櫛淵と駿河がその左右、半間ほど後ろについた。

「佐々木磐音とやら、死に場所は決まった」

と言い放った法螺が朱塗りの大剣を抜くと、後詰《ごづ》めの朋輩がそれに倣《なら》った。

磐音は三人がそれぞれ正眼《せいがん》、八双《はっそう》、逆八双と構えるのを見て、鵜飼百助が研ぎ上げたばかりの備前《びぜん》包平二尺七寸（八十二センチ）を静かに抜き、正眼に置いた。

すると磐音の周りに長閑《のどか》な空気が漂った。それは、

「まるで春先の縁側で日向《ひなた》ぼっこをしている年寄り猫」

の風情《ふぜい》を見せ、時が穏やかに流れる、そのような気配だった。

「嘗《な》めくさったか」

法螺の正眼の剣が流れるように寝かせられると、切っ先が磐音の喉《のど》を、
ぴたり
と狙った。

同時に櫛淵と駿河の構えが法螺の動きに合わせる様子を見せた。

磐音の右足の踵《かかと》が、今にも踏み込むかのように上がった。だが、そうではなかった。

法螺の目を見ながら、立てられた踵が尚武館の床を、
こつん
と打った。

その音に誘われたか、法螺が唸り声を上げて踏み込むと、豪剣の切っ先を磐音の喉へと一文字に伸ばしてきた。

間合いが一気に縮まり、後詰めの二人も間を詰めてきた。

ふわり
と磐音の体が、伸びてきた法螺の切っ先を避けて回転し、包平が手首の腱《けん》を斬《き》り放った。さらに動きを止めることなく後詰めの櫛淵と駿河の八双と逆八双を掻い潜り、二人の利《き》き手の腱を裁ち斬っていた。

悲鳴が上がり、三人の剣が尚武館の床に転がった。

磐音の回転が止まり、また居眠り剣法の静寂が戻ってきた。

尚武館には粛として声もない。

「法螺どの、もはや、そなたらが剣を持つことは叶うまい。田沼様ではあれこれと奉公もござろう。他の道を探しなされ」

磐音の言葉に、

「おのれ、言いおったな」

と三浦が磐音を睨《にら》み据えると立ち上がった。

「おや、三浦どの、武芸者同士の尋常な稽古ゆえ双方に咎《とが》めなし、と申されなんだか」

速水左近の喜びを抑えた言葉が響き、三浦用人が足音も高く見所を下りると出口に向かった。

「三浦様」

手首をもう一方の手で抱えた法螺が訴えるような言葉をかけた。

「そのほうら、どこへでも去《い》ね」

非情な言葉が投げられて、田沼意次の側近三浦用人の尚武館見分はひとまず終わった。

第二章　田沼の貌

一

如月《きさらぎ》とは萌揺月《きさゆらぎつき》、草木が萌《も》えいづる月の意である。

山谷《さんや》の日本堤の陽射しを塗笠《ぬりがさ》で避《よ》けて歩く磐音の目に、土手の緑が眩《まぶ》しく映った。

水面《みなも》がきらきらと光り、小舟を操る女船頭は反射する光が眩しいのか、手拭いで笠の下の顔を覆っていた。

この日、尚武館の朝稽古に飛び入りの見物客があった。

田沼意次の用人三浦庄司だ。

腕を買って新たに家臣に加えたか、あるいは尚武館での試し次第で奉公を約束したか、そのような様子の法螺聡介ら三人を従え、初めて姿を見せたのだ。

大納言家基の十一代将軍就位を巡り、それを阻止しようとする田沼一派と、家基をなんとしても本丸に送り込み、箍《たが》の緩《ゆる》んだ幕藩体制の立て直しを若き明敏な指導者に託そうとする速水左近らの推進派は、たびたび暗闘を繰り返してきた。

当然のことながら、これまで老中田沼意次やその側近の家来衆が表に立つことはなかった。田沼の用人が、家基を護持しようとする尚武館に姿を見せたということは、

「家基阻止」

の旗幟《きし》を尚武館に明確に伝えたことにならないか。そして、その最終決戦が近いことを、

「宣告」

したことにならないか。

三浦用人が去り、朝稽古が終わった後、尚武館の母屋に玲圓、磐音、そして速水左近が顔を揃えた。

「田沼様は、いよいよ牙《きば》を剝《む》き出しにして尚武館潰しの肚を固められたのでござろうな」

念を押す玲圓の言葉に速水が重々しく頷き、

「老中の権威を振りかざさば、失礼ながら尚武館を潰すことはさほど難しいことではござるまい。じゃが、さすがの田沼様にもそれをできぬ事情がござってな。老中首座には松平武元《たけちか》様が控えておられる。さらには田沼様より先任の板倉勝清《いたくらかつきよ》様もおられる。さすがに田沼様も、これらの先任老中を差し置いての尚武館潰しの独断は、いささか憚《はばか》られる。ゆえにこれまで密かに刺客を送り続けてきたのだが、どうやらこたびの行動を考えれば、田沼様はなりふり構わぬ策に出られたと思える」

速水左近が名を上げた二人の老中は、当然のことながら家基の十一代将軍就位推進派だと婉曲《えんきよく》に言っていた。

「さりながら老中首座松平様は老齢にて体調がすぐれず、いつ亡くなられても不思議はない。さらに板倉様が老中を退《ひ》かれるとき、田沼様が幕閣の実権を一手に握られることになるが、本日の動きを見るに、どうやらそこまで待つことをやめ、事を急いでいるかのように見受けられる」

当代将軍の世子、大納言家基が西の丸に健在でいるかぎり、家治に万が一のことあれば、

「十一代将軍家基就位」

は天下に周知の事実だった。

いかに日の出の勢いの田沼とて、いかなる画策もできない。だが、もし家治が存命のうちに家基が身罷《みまか》ることがあれば、田沼意次が新将軍の、

「選定」

の任を家治に命じられる可能性は大であった。それほど、家治の田沼意次に対する信頼は厚い。

　田沼意次は九代将軍家重の御用取次という要職にありながらも、宝暦《ほうれき》十年（一七六〇）、家重が引退した後も新将軍家治の御用取次として留任していた。

　異例中の異例であった。

　一代の将軍の側近衆は、その引退に伴い、職を辞するのが仕来《しきた》りであった。にもかかわらず田沼は留任した。それほど家重の信頼が厚かったことを意味し、家治も田沼の才を頼りにしてきた。そして、田沼意次は将軍の側近であり続けることの重大さを、このとき身をもって承知したことになる。

　だが、次期将軍として西の丸に控える家基は専権独断の、

「田沼政治」

を嫌い、自らが新将軍位に就いた折りには幕政と人事の改革の意思あることを、密かにその周りに示していた。

田沼意次にとって家基の新将軍就位は、幕閣からの引退を意味した。家重、家治と二代にわたり、側近として保持した権力をさらに新将軍の下で保持するためには、なんとしても、

「家基排斥」

が前提条件であった。

だが、田沼派とて表立って行動することは叶《かな》わなかった。ためにあらゆる手段を使い、家基暗殺を謀《はか》ってきた。それを速水左近や佐々木玲圓、磐音らが身を挺《てい》して悉《ことごと》く阻止してきたのである。

田沼意次にとって尚武館は、

「目の上の瘤《こぶ》」

であった。

なんとしても尚武館潰しを図らねば、家基排斥はない。そして、自らの権力を保持することは適わない。

「尚武館潰しの宣告」

速水左近はそれが、今朝の田沼意次の用人の尚武館訪問だと言っていた。

「速水様、田沼様方もこれまで以上に決死の覚悟で、家基様に危害が及ぶ行動に出るということにございますな」

「玲圓どの、それより他、神田橋の用人が神保小路を訪れた意味があるとは思えぬ。ために田沼様は、西の丸かられら一派を一人また一人と遠ざけておられるのじゃ」

「西の丸で事が行われると言われますか」

「そこがなんとも」

速水左近は首を捻《ひね》った。

「もはや家基様のお体を診《み》られる桂川甫周どのが遠ざけられ、さらには家基様が一番の頼りにしてこられた磐音どのの剣術指南役の職も解かれた」

「とは申せ、西の丸には家基様に殉ずる覚悟のご家来衆もおられましょう」

「今のところ、ご身辺は案ずることはござらぬ」

「依田鐘四郎が西の丸の御近習衆《ごきんじゆしゆう》に就いたのは、心強いことにございました」

「それとて、尚武館が潰されればたちどころに依田は西の丸から追放され、無役に落ちるやもしれぬ」

速水が言い切った。

尚武館の師範だった依田鐘四郎を西の丸に転じさせたのは速水左近だ。

「速水様、われらのなすべきことがございましょうか」

玲圓が困惑の体《てい》で速水左近に訊いた。

「玲圓どの、正直申して、われらが打つべき手は日一日と少なくなっており申す」

と答えた速水が、磐音を見て訊いた。

「最前から黙しておられるが、磐音どの、なんぞ考えがおありか」

「先日より、己の非力を情けのう思うております。それがしはただ剣の道を究めんとする愚直者、いかにすれば西の丸様をお守りできるか、考えがつきませぬ」

磐音が嘆いた。

「ふうっ」

と速水が大きな息を吐いた。

「それはこの速水左近とて同じこと。田沼様は家重様、家治様二代にわたっての側用人、さらには老中とお仕えして力を蓄えられた。ご両人には説明の要もないが、将軍家の代理人たる側用人と幕閣の中枢たる老中という二つの力を持つ田沼様には、老中首座の松平様とてなかなか抗《あらが》うことは適わぬ。その上、田沼様は江戸城中の表、中奥、大奥とすべてに姻戚《いんせき》、閨閥《けいばつ》を持ち、隠然たる力を発揮できる基盤をほぼ作り上げておられる。また田沼様の目に見えぬ力は大名諸家、旗本に及んでおり、用人井上寛司《いのうえかんじ》の娘三人はそれぞれが幕政の中核にある旗本家に嫁ぎ、三浦用人の娘も要職にある旗本家に嫁に行っておる。それもこれも、嘆かわしいことながら田沼様と親しい関係を結ぶことで旗本家の側も出世を考えているからにござる。今や家治様御側御用取次のそれがしの身は風前の灯《ともしび》にござる」

と珍しく速水左近が弱音を洩らした。

だが、玲圓と磐音は、速水がその身に負った田沼の重圧はほんの一部であることを直感していた。家治の御側御用取次だけに、上司たる田沼意次のことを論《あげつら》うわけにはいかなかったのだ。

速水が告げた江戸城の仕組み、表、中奥、大奥のうち、表とは、老中、若年寄《わかどしより》、勘定奉行《ぶぎよう》ら幕府の幹部らが執務し、諸大名が将軍と拝謁したりさまざまな儀式が執り行われる公的な場、いわば政治と儀礼を行う場であった。

中奥は将軍が普段の暮らしを行う御座所があり、速水左近ら側用人が務めていた。この者たちが「奥勤め」の役人であり、時に家治の代弁すら行うことによって表の老中より力を持つ場合があった。

大奥は、家治の正室や子女、大奥女中衆が住み暮らす場であった。

速水左近の御側御用取次は表と中奥を繋《つな》ぐ役目であり、いくら老中首座とはいえ中奥には口出しできない。

田沼意次は表では老中、中奥では側用人として、さらに大奥では閨閥によって繋がりと影響力を持つ人物であったのだ。

それだけに家治の御側衆の速水左近といえども、田沼意次には表立っての対抗はできないのだ。

磐音は速水の言葉を聞きながら、家基様の身をお守りして十一代将軍位に無事就いてもらうことは至難のことだと気付かされた。

(剣はなんの力も持ちえずか)

剣が武士の表芸であった戦国時代から平時になり、その意味合いは低下していた。政と商の時代が武を凌駕《りょうが》して剣は意味を失い、将軍の護衛たる旗本御番衆《ごばんしゅう》の子弟すら剣術修行はかたちばかり、旗本家にとって修行する価値のあるものではなかった。

そんな時代風潮にあり、日夜剣術修行に明け暮れる神保小路の尚武館佐々木道場は稀有《けう》の存在といえた。

剣術は無用の長物か。

磐音はそうは考えたくなかった。

剣術家としてなにができるか。

沈思する磐音の脳裏に暗い考えが湧《わ》いた。

「田沼意次暗殺」

の妄念だ。

磐音は身を捨てることを脳裏の中で考え続けた。不意に、

「磐音、ならぬ」

と厳しい声がした。

我に返った磐音を養父の玲圓が険しい視線で睨んでいた。

「はっ」

玲圓は磐音の頭に生じた考えを察していたのだ。

「剣に生きる者が最も選んではならぬ愚かな考えよ」

「愚かでございましょうとも、大納言家基様のお命が守られ、幕藩体制の刷新が行われるならば、それも一つの方策かと考えました」

速水左近がはっとした表情で磐音を見た。だが、父子であり、師弟である両人の問答に口を挟もうとはしなかった。

玲圓の顔が苦渋に歪《ゆが》んでいた。

磐音は瞑目《めいもく》した。その耳に玲圓の声が響いてきた。

「磐音、この玲圓とてその考えに取り付かれなかったといえば嘘《うそ》になる。だが、直心影流本然の考えに悖《もと》り、剣者が取るべき道では決してない。この玲圓もそなたもなんのために剣の修行をなしてきたか、すべてを否定する行動を選んでよいものか」

磐音はしばし瞑想して脳裏の考えを追い払った。そして、両眼を見開くと玲圓を正視し、その場に深々と頭を下げた。

「養父上《ちちうえ》、それがしが愚かにございました」

磐音の言動に何度も頷いて安堵の表情を見せた玲圓が、

「速水様、われら父子、愚直に剣に頼って生きてきた者にござる。剣が持つ力が政と商の時代にあっていかに無力か、とくと承知してござる」

と速水左近に言い切った。

「申されるな、玲圓どの」

磐音は二人の会話を聞きながら頭を上げた。すると玲圓が、

「磐音、もしそなたの考えたことが最後の手立てなれば、まずこの玲圓が身を捨てる。よいな、構えてそのことを忘れるでない」

と磐音に覚悟のほどを告げた。


いつしか物思いに耽《ふけ》りながら磐音は五十間道を下っていた。

昼下がりの刻限、吉原の大門《おおもん》付近には長閑《のどか》な光景が広がっていた。

仲之町の辻に花売りや野菜売りが店開きして、竹籠《たけかご》の中から白い水仙の花がのぞいていた。野菜売りの前には二人の禿《かむろ》がしゃがみ込み、お婆《ばば》の手から草餅《くさもち》を買っていた。

「おや、珍しいお方が見えられましたぜ」

大門を入った右手の吉原会所の中から声がして、若い衆の園八《そのはち》が飛び出してきた。

園八とは出羽《でわ》山形まで旅をした仲だ。

吉原で松の位の白鶴《はっかく》太夫として全盛を誇り、紅花大尽前田屋《べにばなだいじんまえだや》内蔵助《くらのすけ》に落籍された小林奈緒《こばやしなお》の危難を救う道中を、磐音と園八は共にしていた。

「山形に旅をしたのは昨日のようだが、佐々木様、早一年でございますよ」

園八の顔に浮かんだ表情は懐《なつ》かしげだった。

「園八どの、その節は世話になった。前田屋どの、お内儀どの、ご壮健にお過ごしであろうか」

磐音はかつての許婚《いいなずけ》の近況を訊いてみた。

「へえっ、前田屋の番頭さんが紅花商いで江戸に出た折りには会所に立ち寄り、なにかれと山形の話を伝えてくれます。どうやらこの夏にも奈緒様にお子が生まれるそうですぜ」

「それはめでたい」

もやもやとしていた磐音の気持ちを、園八が伝えてくれた奈緒の近況が吹き払ってくれた。眼前の暗雲が一気に晴れた感じがした。

奈緒と磐音は豊後《ぶんご》関前《せきまえ》で幼馴染《おさななじ》みにして許婚であった。だが、藩騒動が二人の運命を変えた。奈緒は関前を出て、遊女になり、磐音もまた藩を離れて江戸暮らしを始めたのである。

(これで奈緒の暮らしは磐石)

と思った。

　奈緒が幸せにならねば、磐音の真《まこと》の幸せもない。

「四郎兵衛《しろべえ》様は、稲荷《いなり》参りに出ておられます。ただ今呼んで参りますので、ちょいとお待ちくだせえ」

　園八が会所の中に磐音を招じようとすると、

「園八どの、廓《くるわ》内の稲荷社にござるな。ならば、それがしもお供願えぬか」

　と磐音は願った。

　磐音は、吉原の鉄漿《おはぐろ》どぶと高塀に囲まれた二万余坪の四隅に、商売繁盛の稲荷社があることを承知していた。

　昼見世が始まったようで、深編笠で面体《めんてい》を隠した武士が仲間と連れだって大門を潜《くぐ》ってきた。形《なり》から判断して、江戸勤番に上がってきた大名家の家臣と思われた。

　吉原の昼見世は武家が多い。

　旗本であれ大名家の奉公人であれ、夜は屋敷に控えていることが決まりだからだ。万が一、事が起こった場合、屋敷を留守にして遊興に耽っていたと判断された家臣は、きついお叱《しか》りどころか、御家断絶も考えられた。

　とはいえ参勤交代で江戸に出てくる大名家の奉公人、さらには直参旗本にとっても、吉原は一生に一度の夢の場所だ。

そこで、夕暮れに始まる夜見世は商人衆《あきんど》、職人衆のための遊び時間、それに対して昼見世は武士の登楼と、およその住み分けができていた。むろん昼見世にも町人が姿を見せるし、夜見世に武家方がいないわけではない。

「園八どの、吉原に変わりはござろうか」

仲之町の通りを水道尻に向かって歩きながら磐音が訊いた。

「男の遊び心はそう易々とは変わりっこございませんや。在所が日照りで不作と聞けば、新しく身売りする娘が吉原に増える、土臭い娘を冷やかしに行くかなんてね、他人《ひと》様の不幸をよそにいそいそと遊びに駆け付けるところが、吉原でございますよ」

園八は、吉原の町政と自治を守る会所の若い衆でなければ吐けぬ言葉を口にした。そして、辺りを見回し、

「昼遊びの用人方の顔ぶれが変わりましたがね」

と洩らした。

「ほう、顔ぶれが変わったとは、またどういうことであろうな」

「千代田の御城を意のままにするお方の御側用人にすり寄る大名家の留守居役、

大身《たいしん》旗本の用人たちが、歯の浮いたようなおべんちゃらをぬかす座敷が増えたってこってすよ」

「時勢にござるな」

「まあ、お武家様も勝ち組にのっからねえと、お家安泰とは申せますまい。致し方ねえ仕儀とは思いますが、四民の上に立つ武家が重い菓子折りをそっと神田橋の用人様に渡す光景ばかり見せられますとね、なんだか悲しいような寂しいような、気が滅入ることもありますんで」

と愚痴をこぼした園八が、

「おっと、尚武館の若先生と思ってつい口が滑ってしまいました。聞き流しておくんなせえ」

「園八どの、承知した」

二人はいつしか火の見櫓《やぐら》のある水道尻まで歩いてきていた。

「さあて、四郎兵衛様は、右稲荷か左稲荷か」

と思案する園八に声がかかった。

「園八兄い、四郎兵衛様なら番屋だぜ」

と番屋から顔を突き出したのは、やはり磐音とともに山形への道中をなした若い衆の千次《せんじ》だ。

「あれ、佐々木様だ。また山形へ行こうって話かえ。若先生、今度は若先生や園八兄いの足手まといにはなりませんぜ」

吉原会所の長半纏《ながばんてん》を粋《いき》に着込んだ千次が姿を見せた。すると番屋の上がりかまちに腰を下ろして茶を喫する吉原の大立者が見えた。

磐音が腰を折って一礼すると、四郎兵衛が手招きした。

二

「大門外で、田沼様の剣術指南伊坂秀誠《いさかひでもと》と、松村安神《まつむらあんじん》とかいう琉球《りゅうきゅう》古武術の達人と対決なされた日から、一年を迎えようとしておりますな」

磐音の用事を察したように四郎兵衛自ら言い出した。

塗笠の紐《ひも》を解《ほど》き、包平《かねひら》を腰から抜いて番屋の敷居を跨《また》ぎ、四郎兵衛に無言裡《り》に命じられるまま狭い板の間の上がりかまちに腰を下ろした磐音は、そのことには触れず、

「その節は世話をかけました」

と吉原会所の主《あるじ》に頭を下げた。

伊坂は田沼家の居城遠州相良《えんしゆうさがら》藩の剣術指南であり、この伊坂が西国に隠れた武術の逸材五人を選び、磐音に刺客を送り込んだのは、およそ一年も前のことだった。

松村安神と伊坂を吉原大門外に屠《はふ》ったとき、その戦いを設定し、亡骸《なきがら》を始末してくれたのが吉原会所であった。

松村の蹴《け》りを脛裏《すねうら》に受けた磐音が尚武館で静養している間、四郎兵衛から密かに使いをもらい、怪我の見舞いとともに、

「お礼などこの際無用に願います。神田橋に、吉原と尚武館の若先生との関わりを詮索《せんさく》されたくございませんからな」

と当分面会を避ける指示を得ていた。神田橋とはむろん、老中田沼意次その人のことだ。

磐音が短い言葉で改めて礼を述べたのはそのためだ。

四郎兵衛に同道していた千次は、磐音に茶を供すると番屋から表に出た。

「園八、千次、会所に戻っておりなされ」

四郎兵衛が命じ、磐音に会釈《えしやく》を返した二人は水道尻の番屋前から姿を消した。

番屋には夜番の老爺《ろうや》がいるだけだ。むろん番屋は会所の監督下にあり、夜番もまた会所の息がかかった人間だった。

「佐々木様、山形の話、園八から聞かれましたな」

「前田屋の奈緒どのにやや子が生まれるとか」

「それでございますよ。佐々木様とうちが、はるばる山形まで遠出をした甲斐があったというもの」

「重ね重ね、礼を申します」

「そう、白鶴太夫はそなた様の許婚にございましたな」

四郎兵衛は遠くを見る眼差しをした。

開かれた障子の先には、昼見世がすでに始まった仲之町があった。

昼見世はわずか一刻（二時間）か一刻半（三時間）が商いの刻だ。

ためにく客と遊女は直截《ちょくせつ》に床入りをすることが多かった。むろん一見《いちげん》の客が大《おお》籬《まがき》の楼に上がり、そのような関わりを持つことなど以ての外だ。中見世、小見世の馴染み客だからこそできる、

「昼遊び」

だった。

そんな客が足早に通りを行く。

磐音はふと視線を感じた。

そのとき、仲之町筋には妓楼《ぎろう》に向かう武士が三々五々といて、だれが放った視線か、また単に番屋で話す四郎兵衛と磐音に目を留めた、

「目」

か判断がつかなかった。

「四郎兵衛どのとは白鶴太夫を通しての付き合いにございます」

「私もね、この吉原の水にどっぷりと浸《つ》かっておりますが、そなた様のように幼馴染みの許婚にあれほど情をかけられた御仁は知りません。藩騒動で引き裂かれた仲が、結果、江戸と山形で大きな花を咲かせました。それもこれもそなた様の働きがあったればこそ、礼を申すのは吉原にございますよ」

四郎兵衛が磐音の言葉をいなすように応じた。

「前田屋どのは、いえ、奈緒どのは安泰と申してよろしいのでございますな」

「江戸在府の殿様、秋元永朝《あきもとつねとも》様が前田屋に書状を送られて、向後とも山形紅花の商いに精を尽くせと命じられたそうな。これも速水左近様が仲に入ってのことかと、この四郎兵衛は察しておりますがな」

「安堵いたしました」

磐音はようやく長い旅が終わったような感慨に打たれた。

奈緒と磐音は明和九年四月、豊後関前城下で祝言《しゅうげん》を挙げることになっていた。

物心ついたときから、

「奈緒は磐音様の嫁様になる」

という奈緒の望みを無残に打ち砕いたのは、関前藩を専断していた国家老宍戸《しど》文六《ぶんろく》らの悪巧みに端を発する藩騒動であった。

磐音が上意討ちをしたのは奈緒の実兄でもある親友の小林琴平《きんぺい》だった。実の兄に、上意討ちとはいえ死を授けた磐音がなんじょう奈緒を嫁に迎えられようか。

男と女、それぞれ別の旅路を選んだ。そして、今奈緒は、遠く山形の地で確固たる嫁の座を得て、子の親になろうとしていた。

「奈緒どのと祝言を挙げるはずの日から七年と申せば短い歳月のようにございますが、それがしには長い時が流れたように思われます」

磐音の述懐に四郎兵衛が重々しく頷いた。

「佐々木様と奈緒様にとり、七年の歳月は百年にも等しいものにございましょうな。ですが、それぞれが激動流転の七年を別々に、あるいは織りなす組紐の如くすれ違っての時を過ごしたのち、またとない伴侶に恵まれ、それぞれの生き方を見事に創りあげてこられた。この四郎兵衛、お二方の新たなる出立《しゅったつ》に感服いたしております」

「それもこれも、四郎兵衛どのや白鶴太夫の抱え主丁子屋《ちょうじや》どのの寛容と心遣いがあったればこそ」

「そして、そなた様の身を捨てた決心がな」

と応じた四郎兵衛が、

「こちらのほうは見事な区切りがつけられました。ですが、佐々木磐音様の前にはさらなる試練が立ち塞がっているようですな」

と話題を転じた。

「それがしの用向き、四郎兵衛どのはご承知なのですね」

「二の江村の一件、四郎兵衛の耳に届いております」

とあっさり答えた。

この江戸で、

「一夜千両」

の雨が降ると評される場が三つあった。すなわち、魚河岸《うおがし》と二丁町《にちょうまち》の異名を持つ芝居町、そして五丁町とも北国《ほっこく》の傾城《けいせい》とも呼ばれる吉原だ。むろん千両は実際の額ではない。時に三つともがその何倍もの稼ぎをする、

「江戸の華」

であった。

「爺様、長々と邪魔したな」

狭い番屋の片隅に控える夜番に労《ねぎら》いの言葉をかけた四郎兵衛が立ち上がり、

「河岸を変えましょうか」

と磐音を誘《いざな》った。

その言葉に磐音は黙って頷くと、かたわらの包平と塗笠を手に四郎兵衛より先に番屋から表に出た。

いつしか昼見世が終わる刻限になっていた。

馴染みの遊女との逢瀬《おうせ》を約した客たちが、上気した様子を五体に漂わせて大門に向かう光景が見られた。

磐音は四郎兵衛を待ちながらそれとなく辺りを見回した。だが、最前感じた目は探り得なかった。

過敏になった神経がもたらした錯覚か。

四郎兵衛は仲之町から大門に向かって戻ると、傾く春の陽射しが斜めに差す角町の間に狭く口を開けた路地に磐音を誘った。

「吉原のことを俗に五丁町と申しますが、表通りは大門側から江戸町一、二丁目、伏見町、揚屋町、角町、京町一、二丁目と七筋ございます。それは吉原の貌《かお》にございましてな、実際はこのような路地が表七筋から口を開けており、うねうねと迷路となっております。吉原に住み暮らす人間はこの路地に精通して初めて、吉原者と呼ばれるのでございますよ」

四郎兵衛の声が、湿った薄暗い路地に響いた。

路地には暮らしの匂いが漂っていた。

「表七筋に店を構える妓楼、引手《ひきて》茶屋《ぢやや》などに働くのは、なにも遊女ばかりではございません。芸者、太鼓持ち、始末屋、付き馬、台屋の他、この路地には湯屋、金貸し、八百屋、雑貨屋、見番、質屋と、医者以外なら世間にあるものはすべて揃うております。遊女三千人を支える者たちにございますよ」

磐音は改めて表見世だけが吉原の貌ではないことを知らされた。

四郎兵衛は、ようやく人ひとりが通り抜けられる路地をうねうねと曲がって進んだ。すると路地のあちらこちらに小さな広場があって人の暮らしが垣間見え、

「あれ、会所の四郎兵衛様、お見廻《みまわ》りにございますか。ご苦労にございますな」

とか、

「四郎兵衛様、過日は厄介《やっかい》をおかけしました」

とか声が飛び、その人々に四郎兵衛が挨拶を交わしながらさらに迷路を突き進んだ。

もはや磐音にはどこをどう進んでいるのか推測もつかなかった。

「遊客が紛《まぎ》れ込むことはないのでござるか」

「佐々木様がお一人でこの路地に入り込めば、たちどころに伝令が走り、佐々木様はどこぞの袋小路に雪隠詰《せっちんづ》めにされましょうな」

「この狭さでは刀も遣えませぬ」

「はい、そのような造りになっているのでございますよ」

磐音の顔を冷たい風が撫《な》でていった。

不意に、四郎兵衛の背の向こうに傾いた光が散っているのが見えた。

物音も匂いも消え、吉原の七筋の奥にぽっかりとした空間が広がる、小さな池があったのだ。

その周りを小道がぐるりと囲み、池の中に築山のある島が突き出て、その中に奇妙な亭《ちん》があった。一間半四方の亭は茶室として使われるのか。それにしても三階建ての上屋はなんのためか。

背の高い亭は利休鼠《りきゆうねずみ》に塗られ、杉板の屋根は苔《こけ》むして風情があった。

「人見亭ならば、たれに邪魔をされることもございませんでな」

池の道と小島は飛び石と石橋で結ばれていた。

四郎兵衛に続いて飛び石を踏みながら、

「異界の中の異界」

へと誘われたことを磬音は感じていた。

一階の躙《にじ》り口から四郎兵衛が茶室に入り、磬音も続いた。

薄ぼんやりとした灯りが茶室の内部を浮かび上がらせていた。

「塗笠はこちらに置いてくだされ」

そう言いながら柱の一角を四郎兵衛が触ると、どのような仕掛けかするすると梯子《はしご》段が下りてきて、四郎兵衛は二階へと昇った。

二階は板の間で、酒、料理を用意する場と思えた。さらに四郎兵衛に誘われて三階に上がった。

四畳半の部屋の四方には丸窓が切り込まれており、吉原の人すべて、東西南北が望めた。だが、それは表七筋からではない裏側、いや吉原の中核からの眺めだった。

「ここならばたれにも邪魔をされませぬ」

どっかりと座布団に腰を落ち着けた四郎兵衛が、磬音に座るよう手で示した。

「造作をかけます」

その言葉に会釈で応えた四郎兵衛は、部屋にあった鈴を鳴らした。すると遠くで人の動く気配がして、無人だった亭に二人以外の人間が近づいてきた。

「田沼意次様が力を持たれた背景には、紀伊家の傍流吉宗様が八代将軍の座に就かれたことがまず考えられます。さらには吉宗様の長男家重様の小姓に十六歳で上がられたことが重要にございましょう。元服前の少年が三百俵を頂戴し、吉宗様、家重様の御近習は紀伊の出で固められた。意次様の父意行《おきゆき》様が亡くなり、知行六百石を相続する、これが田沼意次様出世双六《すごろく》の始まりにございますよ」

と四郎兵衛が前置きもなしに語り始めた。

「まあ、この辺の出世物語は佐々木様もご存じでしょうが、事のついでだ。端折《はしょ》りながら話しますのでお付き合いくだされ」

二階に人の気配が上がってきて、まず行灯《あんどん》が差し上げられた。

磐音は梯子段の口を背にしていたため、灯りが届けられたことしか分からなかった。さらに膳部《ぜんぶ》と酒が上げられた気配があり、

「佐々木様の手を煩《わずら》わせます」

と膳を運ぶことを磐音に願った。

脚のない折敷《おしき》膳は加賀塗りか、菜は小梅干しが小皿に三つだけ、銚子《ちょうし》と杯が二つずつと簡素を極めた。

磐音が四郎兵衛の前に膳を運び、自分の前にも移した。さらに灯りを二人の横へと移動させ、最後に銚子と杯をそれぞれの膳に移した。

「酒を嘗めながら話を続けます。あては紀伊の古梅にございますよ」

と、にやりと笑った四郎兵衛の杯に磐音は酒を注《つ》いだ。

吟味を重ねた下り酒の豊潤な香りが亭の三階に漂った。

「銚子を貸してくだされ。一杯だけお酌をいたしますでな」

と四郎兵衛が磐音に言い、磐音も素直に従った。

吉原の中にある以上、どのようなことがあれ、主は四郎兵衛だった。

二人は互いが満たした杯の酒を静かに嘗めた。

「家重様の死に際、家重様は新将軍の家治様にこう託されたそうな。『意次はま

とうどもの（正直者）ゆえ、こののちも召し使うように』と。普通ならば、家重様の側近衆は、新将軍家治様の付き人たる小姓や御側衆にその後を託し、御役御免が習わしにございます」

四郎兵衛の話は速水左近が告げた内容と重なっていた。だが、磐音は黙って四郎兵衛の話に耳を傾けた。

吉原を束ねる四郎兵衛の話は、田沼意次の出世譚《たん》を城中内部の者、速水左近とは異なり、あくまで「吉原」から見た人物像として語り聞かせた。

「田沼意次様を、表、中奥、大奥に閨閥やら縁戚を作り上げた結果、後任の老中にも拘《かかわ》らず隠然たる力を持つようになり、あれこれ賄賂《まいない》が横行する安永の御代に堕した人物だと申されるお方がございます。ですが、その見方は田沼意次様のほんの一面でしかございません。田沼様がこれほどの力を持つに至る背景を私も話しましたが、田沼様はどうしてどうして、正直者どころか才気走った明晰《めいせき》明敏な頭を持ち、肚が据わった人物にございますよ。そうでなければ今の田沼様があるわけもない」

四郎兵衛は自ら銚子を取り上げ、磐音の杯に注ぐと、自らの器にも満たした。

「その一つの騒動をお話しいたします」

と言うと杯の酒を嘗めた。

いつしか吉原に煌々《こうこう》とした灯りが灯り、不夜城が江戸の一角に出現していた。

だが、万灯の灯りに浮かぶ吉原二万余坪のまん真ん中に黒々とした闇の世界があり、その中に浮かぶ小島の人見亭の上屋で磐音は四郎兵衛の話を聞いていた。

江戸で一番の灯りに灯された遊里に漆黒の闇の世界があったのだ。

なぜこのような小島と亭を吉原は設けたのか。

光と闇があってこそ初めてこの世だと、それは教えているのではないか。

「宝暦四年（一七五四）より、美濃郡上《みののぐじよう》藩金森《かなもり》家三万八千石に一揆《いっき》が起こりました。藩の財政窮乏を打開せんと、年貢の取り方を定免《じようめん》制から検見取《けみどり》へと強引にも改めようとしたのです。年貢が重くなることを恐れた領民らは藩に強訴《ごうそ》しましたが、受け入れられず、江戸に出て老中に駕籠訴《かごそ》をなし、目安箱に訴状を投げ入れることを繰り返しました。さらには美濃郡上藩の預かり地、越前《えちぜん》の白山中居神社《はくさんちゆうきよ》でも神職たちの石徹白《いとしろ》騒動が起こり、大騒ぎに発展したのでございます。何年にもわたる美濃郡上騒動です。時の将軍家重様は、あまりのことに、幕府の要職の者が絡《から》んでいなければ、かような騒ぎになるまいと『お疑い』を示され、幕府では宝暦八年（一七五八）七月二十日に評定所《ひようじようしよ》で五手掛《ごてがかり》の審理をすることになりました」

五手掛とは、幕府で最高の審理体制であり、老中の指揮のもと、寺社奉行、町奉行、勘定奉行、大目付、目付の五役が担当した。

「御用取次の田沼意次様は、御庭番を美濃郡上に飛ばしてことの真相を探らせ、家重様お疑いのように幕閣の者が関係している事実を探り出されて、『風聞書』にまとめて提出なされた。この結果、家重様より遠慮会釈なく吟味即断せよとのお墨付きを得て、九月三日の五手掛の場に出座なされたのでございます。老中でもない田沼意次様は、家重様代理の役で異例にも出座された上に、この場を仕切られた。その結末は悲惨にして過酷なものでした。老中本多正珍《まさよし》様は罷免逼塞《ひめんひっそく》、若年寄本多忠央《ただなか》様は改易、大目付曲淵英元《まがりぶちひでちか》様は罷免の上、無役の小普請《こぶしん》入り、さらに閉門、勘定奉行大橋親義《おおはしちかよし》様は改易、陸奥相馬《むつそうま》藩へのお預け、美濃郡上藩三万八千石金森頼錦《よりかね》様は改易の上、陸奥盛岡藩にお預け、金森家は断絶しております。この五手掛の出座した老中、若年寄の重職ともども、稀《まれ》にみる厳しい処罰を行い、見事に処断したのが、四十歳の御用取次田沼意次様なのでございますよ」

と淡々とした口調で告げた四郎兵衛が、

「ふうっ」

と大きな息を吐いた。

「ただ今の幕府にこれほど肚が据わった人物はおられませぬ。そのことを幕府、世間も忘れ、城中で閨閥に走った結果、田沼様が隠然たる力を持たれたが如く評するのは、間違いにございます。佐々木様、田沼様の上に老中首座松平武元様ら先任の老中がおいでですが、残念ながら田沼様ほどの切れ味はございませぬ。誤解されることを恐れず申し上げますと、松平様方は田沼様に睾丸《ふぐり》をぎゅっと摑まれて身動きできない、それが実情にございますよ」

「家基様の将軍就位は田沼意次様の一存にかかっていると言われますか、四郎兵衛どの」

「家基様は、田沼意次様を受け入れるには明敏清廉にして正直すぎます。暗愚を装い、田沼意次様にすり寄ることこそ、家基様の十一代様へのただ一つの道」

「家基様にできましょうか」

「さもなくば、田沼意次様自らと一族の保身のために、家基様の暗殺を果たすまで手を緩めますまい」

と四郎兵衛が言い切った。

・

とだ。

三

磐音が会所で借りた提灯《ちょうちん》を手に大門を出たのは、引け四つ（夜十二時）前のこ

その瞬間、監視の目に気付いた。

五十間道を早駕籠で乗り付けてくる遊客の姿を見ながら、磐音は引手茶屋の路地へと曲がった。

外茶屋はすでに灯りを落としていた。

朝七つ（午前四時）時分、茶屋ではお店者《たなもの》の遊び客を迎えることになる。これからお店に戻ろうというのだ。一夜遊んだ遊女の化粧っけを朝風呂で落として朝餉《あさげ》を食させ、奉公先に戻すから、茶屋の朝は早い。

磐音に気付いた茶屋の番犬が吠《ほ》え立てた。磐音を尾《つ》けてくる者たちの気配に、警戒の吠え声を上げたのかもしれない。

茶屋の裏手には細流があり、茶屋と浅草田圃《たんぼ》とを分かっていた。

磐音は土橋を渡り、田圃道を浅草寺《せんそうじ》奥山に向かう道へと進んだ。

四郎兵衛は、政《まつりごと》に暗い磐音のために、城中の人間関係をこと細かく嚙んで含めるように説明してくれた。

磐音は田沼意次について聞けば聞くほど、敵対してきた相手のことをなに一つ知らずして戦っていた己に気付かされた。

田沼意次は利欲や出世欲だけの政治家ではなかった。

八代将軍吉宗にお目見《めみえ》して以来、家重、家治と三代の紀伊閥の将軍の権威を巧妙に利して、千代田城の表、中奥、大奥に緻密《ちみつ》な人脈を築きあげ、出世を重ねてきた人物だ。そして、ただ今四代目の将軍への奉公を冷静に狙っていた。

田沼意次は、将軍の代役として力を持てば持つほど職から離れたときの孤独と危険を十分に知っていた。ためになんとしても十一代新将軍の、

「懐刀《ふところがたな》」

であらねばならなかったのだ。

家基の就位は田沼の力の凋落を意味していた。なにがなんでも家基暗殺に走ることが、自らの力を保持することと覚悟していた。

田沼意次が仕える家治は家基の実父だ。なぜ家治は、世子を始末しようと動く田沼の危険に気付かなかったのか。

当代の将軍と西の丸にはそれぞれに仕える老中をはじめ、大勢の御近習衆がいた。表、中奥、大奥と要所要所に田沼派の人間が配され、家治と家基の直々の交流を遮断していた。

元々西の丸に入った子と父たる将軍が会うのは儀礼の場しかない。二人の間を取り次ぐのが、老中と側用人の二つの実権を併せ持つ田沼意次だ。

磐音は四郎兵衛から田沼の周到な人脈と家治への献身ぶりを聞かされ、しばらく言葉もなかった。

「佐々木様、田沼様は一筋縄ではいかぬ相手にございます。術には術を、策には策を、金の力にはなにがなんでも小判の力で対抗するしかございません」

四郎兵衛は、剣だけで敵《かな》う相手ではないと言っていた。

「養父上や速水様の働きではどうにもなりませぬか」

と思わず呟いた。

「残念ながら、ただ今の田沼様の勢いを止めることはたれにもできますまい」

「では、手を拱《こまね》いて見ておれと言われますか」

「尚武館は田沼様のただ一つの目の上の瘤。手を拱いていたとしても、田沼派の攻めはなくなりますまい」

「戦うは不利、黙っていても尚武館は潰される。家基様をどうお助けすればよいと言われますか」

「佐々木様、私にもその答えはございませぬ。されど、身を捨ててこそ浮かぶ瀬もあれと申します。尚武館を潰す覚悟で活路を開くしかございますまい。それとて針の穴ほどの勝機を見いだせるかどうか」

人見亭に冷気が支配していた。だが、四郎兵衛も磐音も寒さを感じる気持ちの余裕はなかった。

嘗めていた酒から茶に替えていた。だが、酒の膳は未だ二人の前にあった。

四郎兵衛が酒の菜に供された梅を箸《はし》で摘まむと、

「紀州産の梅にございますよ」

と磐音に改めて教えると茶碗《ちゃわん》に梅を入れた。

「田沼家は元々佐野が姓、六代の佐野重綱《しげつな》様の代に下野国安蘇郡田沼邑《しもつけのくにあそごおりたぬまむら》に移り、地名をとって田沼に改めたそうな」

「田沼家は紀伊の出ではないのでございますか」

「戦国時代は主家を転々とし、時に上杉家に、時に武田家に仕え、田沼吉次《よしつぐ》様の代に徳川家に属して大坂夏の陣に加わっておられます。その後、御三家の紀伊藩徳川家初代頼宣《よりのぶ》様に仕え、紀伊藩士になられたのでございますよ。ですが、元禄《げんろく》年間（一六八八〜一七〇四）に義房《よしふさ》様が病をえて、一旦《いったん》和歌山を離れておられたとか。その子意行様が、宝永《ほうえい》元年（一七〇四）に部屋住みであった吉宗様に召し出されて再仕官をされました。ご存じのように意行様は意次様の父御にございます。おそらく田沼様の頭には先祖が下野の住人などという考えはございますまい。この梅同様に紀伊の生まれと思うておられましょうな」

と田沼家の出自を語った四郎兵衛は箸で梅を潰して、一気に飲み干した。

「紀伊の血は、しつこうて険しゅうございます。中途半端で倒せる相手ではございませぬ」

磐音はしばし沈思した。そして、ゆっくりと口を開いた。

「四郎兵衛どの、最後にお尋ねいたします。吉原と田沼様は格別な関わりを持っておられますか」

「吉原はただ一つの御免色里、お上がお許しになった遊里にございます。時の権力者がどのようなお考えの持ち主か、常に知っておかなければ大変な目に遭います。ですが、権力者べったりになるのは御法度《ごはっと》。なにしろ幕閣の権力争いは熾烈《しれつ》ゆえ、いつそのお方が権力の座から滑り落ちるやもしれませんでな」

「田沼様を知ってはおられるが、密なる付き合いはないと」

　四郎兵衛が頷いた。

「いえね、田沼様のように鷹揚に賂《まいない》を受け取られる老中のほうが、色里にとっては有難いと申せましょう。大名諸家、旗本衆の用人、留守居役らが、この吉原を接待の場として頻繁に使われますでな」

　四郎兵衛が苦笑いした。

「田沼様とは付かず離れずにございますな」

　磐音は念を押した。

「いかにもさようでした」

　四郎兵衛の語調が微妙に変じた。

「このところ田沼様の用人三浦庄司様が吉原においでにございましてな。三浦屋の高尾《たかお》太夫が贔屓《ひいき》のようでございます。むろん身銭を切って遊ばれるのではございません。猟官《りょうかん》に必死の大名や大身旗本が接待なさるのです。その三浦様に私は座敷に呼び出されました。半年以上も前のことでしたかな」

「して、その御用とは。あ、これは差し出がましいことにございました。お許しくだされ」

四郎兵衛が顔を横に振り、

「三浦め、主の威を借りて、とんだことをぬかしたのでございますよ。佐々木様もとくと承知の南鐐二朱銀を、小判に換金してくれぬかという話にございましてな」

「両替ならば、両替屋に持ち込めば宜《よろ》しゅうございましょう」

「いかにもさようです。ですが、今津屋様にこのような申し出をなされれば、たちどころにお断りになりましょうな」

「それはまたどういうことにございますか」

「佐々木様、幕府が南鐐二朱銀を出したのは明和九年のことにございましたな。金とともに同価値で通用すべしということでございましたが、近年ますますこの二朱判銀の鋳造ばかりで、金貨の流通は少なく、粗悪なものが増えたと思われませぬか」

磐音は由蔵から聞いたばかりの話に頷いた。

「いくら幕府が同じ価値で通用すると言われても、金を含んだ銭と粗悪な銀貨と比べては、たれしもが小判小粒を重用し、銭箱に貯めたくなるのが人情というものにございましょう。ためにますます粗悪な二朱判銀だけが巷に溢《あふ》れて、値が下落する」

「今津屋で聞きましたが、近頃はこの二朱判銀の偽貨が混じっているそうな」

「そのことにございますよ。金目、銀目が少ない貨幣は、いくら一両一分と申しても価値が下ります。まして偽貨では世間様では通用いたしません」

四郎兵衛が膳の上の銚子をとって杯に注いだ。

「紀伊の梅茶を飲んだら口直しがほしくなりました」

四郎兵衛が冷めた酒をぐいっと飲み干した。

「三浦様の申し出はこうでございます。お上が定めた二朱判銀八枚を一両と両替してくれぬかというものです。確かに、吉原でも二朱判銀は二朱として通用いたします。ですが、このような縁起商売は、客に釣りを渡す場合でもなるべく新しい金貨でお返しするのが習わしです。佐々木様も関わられた二朱判銀騒動と同じく、お上の命どおりに二朱判銀八枚では一両に両替できませぬ。今津屋様とて十枚、いや十二枚は要求されましょうな」

「三浦用人は、粗悪な二朱判銀を公定どおりに一両に替え、私腹を肥やそうとの魂胆にございますか」

「田沼様の用人様の申し出、こちらも損は承知で顔を立ててお受けいたしました。

するると早速俵で二朱判銀を持ち込まれ、小判で七百両を要求なされました」

「なんと七百両もの二朱判銀を持ち込まれましたか」

「四郎兵衛、二朱判銀じゃが、少々多めにしておいたと、両替がこちらに得があるような言い方をなされました」

「それはまたどのような気遣いと考えればよいので」

と磐音が訝った。

「少々多いと申されても、こちらにはなんの得もありません。その上、偽貨が混じっているのでは大損にございました」

「驚きました」

「三浦用人は吉原の出方を見定めているのでございますよ」

「田沼様の意を酌んでのことと言われますか」

「おそらくこのような利殖は、神田橋のお部屋様と申される田沼様の愛妾の差し金にございましょうな」

「砂村新田の百姓家に生まれ、両国の矢場女であった女性《にょしょう》ですね」

「ご承知でしたか」

磐音は、おこんが白昼神田橋のお部屋様の行列に勾引されたことや、その救出騒ぎを告げた。

「なんと、田沼派はすでにおこん様に手を出しましたか」

この事実を知らなかった四郎兵衛は、腕組みして長いこと思案した。

「佐々木様、家基様にいよいよ危険が迫っているということではございませんか」

「養父も速水左近様も、四郎兵衛どのと同じことを考えておられます」

「吉原は時の権力者に付かず離れずの姿勢を守ってきたと申し上げましたな。ですが、どうやらその考えを捨てる時が来たようです」

「四郎兵衛どのは、田沼様の賂政事は吉原にとって利を生むと言われました」

「利を願うのは、吉原とて世間様と同じことです。しかしあまり利欲ばかりに走ると、吉原の遊び心が卑しくなります」

「いかがなされます」

「佐々木様、吉原になにができるか、この四郎兵衛、思案してみます。しばらく時を貸してくださいませぬか」

磐音は静かに頭を下げた。

「四郎兵衛どの、今宵お話を聞き、身を捨てる覚悟がつきました」

「佐々木様、身を捨てるしか、ただ今の田沼様に対抗できる手段はございません。ですが、捨てどころを誤ると犬死にです。どうか、身を投げ出すのは最後の最後にしてくだされ。この四郎兵衛、伏してお願い申します」

四郎兵衛も頭を下げて磐音の浅慮を制したのであった。

ふうっ
と浅草田圃に妖気が漂った。

丸目歌女の出現か、と磐音が田圃道の辻で立ち止まった。

行く手に淡い光が射《さ》した。

竹杖《たけづえ》をついた歌女の姿が浮かんだ。

磐音が立ち止まった辻からは二十数間あった。

「たびたびそれがしの前に姿を見せるには、理由《わけ》がござるか」

「爺様の無念を忘れさせぬためにな」

「ただそれだけの理由か」

盲目でもない歌女が杖をついてよたよたと磐音のほうに歩いてきた。なんのために盲目の真似をするのか。

「丸目高継様とは尋常の勝負であった」

「言うな！」

と叫んだ歌女が両眼を見開き、杖の先を磐音に向かって突き出した。

その瞬間、辻の真ん中に立つ磐音に向かって四方から刺客が殺到してきた。

磐音は天に向かって提灯を投げ上げた。

腰を落とすと包平を抜き、右手にするすると身を移すと、剣を上段に構え、走り来る刺客の腹を撫で斬りにした。

刺客は磐音の迅速を読み誤り、枯れ田に転がり落ちた。

磐音はくるりと身を辻の方角に回して踏み込むと、左右から殺到する刺客を八の字に斬り分けた。

容赦ない磐音の剣だった。

四郎兵衛から田沼意次との戦いの絶望的な不利を聞かされ、家基の身が風前の灯であることに憤激していた。

居眠り剣法の待ちの姿勢を捨てた磐音の刃《やいば》は、非情にして過酷へと変じていた。

正面の敵が、仲間の屍《しかばね》を飛び越えて脇構《わきがま》えの剣を伸ばしてきた。

そのとき、磐音は辻の端にあってすでに正眼に構えを戻していた。

刃が磐音の左腰に伸びてきた。

左利きの剣者か。

磐音の正眼の包平が静かな踏み込みとともに相手の喉元に伸びて、
ぱあっ
と斬り裂き、横手に相手の体を飛ばしていた。

一瞬にして四人の刺客を斃《たお》した磐音のかたわらに、燃えさかる提灯が落ちてきた。

磐音は丸目歌女を振り返った。

歌女は再び爺様を真似たか、杖をついた盲目の姿に戻っていた。

「佐々木磐音、おまえが何人刺客を斃そうと果てはないと思え。これからも無間《むげん》地獄の殺しを重ねることになる。その者どもの怨霊《おんりょう》がおまえの身に重く取り憑《つ》いていずれ身を滅ぼす。最後におまえの息の根を止めるのはこの丸目歌女」

と言い放った丸目歌女の姿が浅草田圃から消えた。

磐音は包平に血振りをくれて鞘《さや》に納め、四人に向かって合掌した。

灯りが燃え尽きようとしたとき、ばたばたと新たな足音が響いた。

磐音は一旦鞘に納めた包平の柄《つか》に手を伸ばしながら、足音の主を確かめた。

吉原会所の名入りの提灯が磐音に向かって走り寄ってきた。

「佐々木様」

園八の声だった。

「見廻りにござったか。騒がせてしもうた」

長半纏を着た会所の若衆に磐音は声をかけた。

足元の提灯が燃え尽きたが、新たな灯りの到来に浅草田圃の惨劇が浮かんだ。

「四郎兵衛様に、尚武館の若先生を密かにお見送りしろと命じられたのでございますが、潜り戸を出ようとしたとき、新たな客が閉じられた大門前に駆け付けまして、入れてくれ、いや、もう大門は閉じたとひと騒ぎがありまして、そいつを鎮めるのにちょいと時間を食いまして、佐々木様に汗をかかせてしまいました」

と詫びたのは若衆頭の幻次《げんじ》だった。

「四郎兵衛どのに気遣いをさせてしもうたな」

「いえね、佐々木様のことだ。なにがあろうと案ずることはございませんが、吉原を訪ねたお方に危害を加える輩《やから》は、それがたれであれ、わっしら、見逃しにするわけにはいきませんので」

頷いた磐音に幻次が、

「こいつら、何者にございますな」

と訊いた。

「おそらく、吉原に二朱判銀の俵を持ち込んだ用人どのに雇われた者にござろう」

「なんと、神田橋の差し金でしたか」

と得心した幻次が、

「園八、こやつらを浄閑寺《じょうかんじ》に投げ込め」

と四人の亡骸の始末を命じた。

へい、と畏《かしこ》まった園八らが機敏に立ち回り始めた。

「幻次どの、手を煩わす」

「なんのことがありましょうか」

と応じた幻次が磐音のかたわらに歩み寄り、

「わっしら、二朱判銀の両替が肚に据え兼ねておりましたんで。だが、四郎兵衛様が判断なされたことに、こちとら口は挟めませんや。これで幾分胸のつかえがおりました」

「幻次どの、ただ金子《きんす》で雇われた者たちじゃ。真の悪はのうのうとしておられよう」

「承知しております」

と答えた幻次が、

「佐々木様、この提灯をお持ちくだせえ」

と手にしていた提灯を新たに貸してくれた。

「すまぬ」

「園八や千次から、山形での苦労話を聞かされましたよ。佐々木様とわっしらは一心同体と、勝手に思っておりますのさ。礼なんぞ無用にしてくだせえ」

「相分かった」

磐音は戦いの辻をあとにした。

四

その朝、磐音は稽古に遅れた。

道場から聞こえる竹刀《しない》の打ち合わされる音に、

「しもうた、寝過ごした」

と寝床から飛び起きる磐音を、おこんが縁側から笑って見ていた。庭には昨夜《ゆうべ》着ていた小袖《こそで》が干してあった。

うっすらとした光は六つ（午前六時）の頃合いか。

「養父上が、磐音は吉原帰りで疲れておる。人間休養も大事、寝かせておけ、と命じられましたので、起こしませんでした」

と事情を説明した。

「なにっ、養父上にも気遣いをさせたか」

「どちらかで気遣いをお受けになったのですか」

磐音は寝床から立ち上がると寝巻を脱ぎながら、

「四郎兵衛どのに、あれこれと教えてもろうたり、帰り道、気遣いをいただいた」

とだけ磐音は答えた。

おこんが座敷に入ってきた。

「磐音様の吉原通いのお相手は四郎兵衛様にございましたか」

「おこん、それがしは、太夫に会うほど吉原には慣れておらぬ」

「磐音様は、いつもどなたかのために走り回っておいでにございます」

「それが性分では致し方あるまい」

磐音は稽古着に着替えながら、

（この暮らしがいつまで続けられるか）

とおこんを見返した。

「なんでございますか」

「それがしの小袖を干しておる」

おこんがしばし迷った風情で、

「磐音様、小袖から臭《にお》うのが血ではなく、遊女どのの脂粉であれば、どれほど私の気持ちは安らぐことでしょう」

「おこん、そなた」

「磐音様、私は佐々木家に嫁いだときから覚悟の前にございます。ですが、時に磐音様がこの世から消えてしまわれるようで、不安になるのです」

磐音は黙したままおこんを抱き寄せた。

磐音が道場に出たとき、尚武館は朝稽古の真っ最中で、二百人以上の門弟衆が打ち込み稽古に精を出す光景は、いつものことながら壮観だった。

（ここがわが城だ）

と思いつつ磬音は、この暮らしが一日も長く続くことを願った。

道場に入ると玲圓を目で探したが、珍しくも玲圓と速水左近が稽古をしていた。

そこで見所下《けんぞ》に座すと神棚に向かって拝礼し、尚武館の永続を祈願した。

立ち上がった磬音を、依田鐘四郎が竹刀を手に待っていた。

「若先生、当分朝稽古を休むことになろうかと存じます。稽古を願えませんか」

「こちらこそお願いします」

磬音と鐘四郎の間柄だ。何百何千回と手合わせをしてきた仲、互いの力も技も癖も承知していた。

それだけに、ゆったりとした間合いから徐々に打ち合いに入り、段々と攻めと守りの間が早くなり、阿吽の呼吸で険しい鬩《せめ》ぎ合いに移ったのち、再び緩やかな攻防を繰り返して、無言の裡《うち》に竹刀を引き合った。

「師範、ご奉公が多忙になりましたか」

磬音は鐘四郎に訊いた。

大勢の門弟衆がいたが、稽古の最中で他人に聞かれる心配はなかった。

「明日、家基様は、目黒あたりで御放鷹《ごほうよう》をなされます」

「突然のことにございますね」

「どなたかのお勧めと聞いております」

鐘四郎はそのことを伝えるために尚武館の朝稽古に出たようだ。

「師範、承知しました。されど、もはや過日のような戸田《とだ》家御鷹匠支《おたかじょうし》配《はい》監察として野口三郎助《のぐちさぶろうすけ》どのに同道はできますまい。なんとか養父上と相談し、工夫をいたさねばなりませぬ」

磐音は鐘四郎に答えながら、速水左近もそのことを告げに来たのかと悟った。

御放鷹は唐国の五帝の時代に始まったとされ、わが国に渡来したのは神功《じんぐう》皇后の御代、百済《くだら》国から初めて鷹を賜《たまわ》ったとか。仁徳天皇の御代に唐の国から訓練された鷹が献じられ、御猟が催された。

これが鷹狩りの嚆矢《こうし》である。

以来、勇猛で武備の鷹は武家の嗜《たしな》みの一つとなった。

若い家基は弓や御放鷹を好み、周りから、

「武術鍛錬のため、御鷹をお勧めします」

と誘われれば断りきれない。

だが、二の江村の御放鷹の折り、家基暗殺未遂騒ぎがあったばかりだ。日を措《お》かずして御鷹狩りが行われるのは訝しいと思わなければならなかった。

鐘四郎が案ずるのも神田橋のお方の動きだろう。

「師範、ご心労お察しいたします」

「それは若先生とて同じこと。昨日は吉原に参られたとか」

だれに聞いたか鐘四郎は承知していた。

「それがし、田沼様を知らずして戦いを挑んでおりました」

と四郎兵衛から田沼の人となりや巧妙に配された人脈を聞いたことを告げた。

「若先生、西の丸に入って、田沼様の手の者が要所要所に配されていることに気付かされました。どうすれば家基様をお護《まも》りできるのか、それがし、自信がございませぬ」

鐘四郎の顔は険しく、絶望に満ちていた。このような表情を磐音は見たことがなかった。

「師範、四郎兵衛どのに、身を捨ててこそ浮かぶ瀬もあると諭されました」

「一命を捨ててお護りできるならば……」

鐘四郎は途中で言葉を止め、

「三枝隆之輔《さえぐさりゅうのすけ》どの、五木忠次郎《いつきただじろう》どのら家基様の忠臣でお傍《そば》を固めて、われら全員が討ち死にしてもお護りしてみせます」

と覚悟のほどを披瀝《ひれき》した。

「お願い申します。師範方が一丸となり相手の出鼻を挫《くじ》いて応戦なされるなら、必ずや佐々木玲圓と磐音、その場に駆け付けます」

「心強いお言葉にございます」

「姿が見えずとも佐々木父子はお傍近くに密行しております、と大納言様にお伝えくださ い」

「承知しました」

と答えた鐘四郎は道場から下がっていった。

磐音が道場を見回すと、稽古を終えた速水と玲圓が見所そばに立っていた。

歩み寄った磐音は速水に、

「久しぶりに速水様の稽古着姿に接しました。遠目にも動きが若々しゅう感じられました」

「磐音どの、それがしを元気づけようとなされる気持ち、素直に受け取っておこう」

と笑った。

「養父上、朝稽古に遅刻をいたし、面目《めんぼく》次第もございません。今後、かようなことなきよう努めますゆえお許しください」

「磐音、そなたは前後不覚に眠り込むほど疲れておるのだ。そのようなとき、休養することも勇気ある決断じゃ。じゃが、そなたは自らそのような行動をとるまい。そこでおこんに起こすなと命じたのだ」

「お心遣い、痛み入ります」

「鐘四郎と話しておったが、明日のこと、聞いたな」

「はい。師範もそのことを知らせたくて道場に見えたのでございましょう」

「磐音どの、西の丸様のご予定がかように決まることはない。まして二の江村の騒ぎがあったばかり。さるお方の差し金と考えるほかあるまい」

速水左近の言葉には深い憂いがあった。

「師範には、必ずや大納言様のお傍近くにわれら微行しております、と伝えました」

「それしか策はあるまい。二の江村の失敗のあとじゃ、相手方も必死の戦いを挑んでこよう」

「大納言様御近習衆は討ち死に覚悟にて護衛を務めるそうにございます」

「若い連中をそこまで追い込んだは、われらが責任《せめ》」

　速水が嘆息した。

「四郎兵衛と話ができたか」

　玲圓が話柄を転じた。

「それがし、田沼様がこと、なに一つ知らなかった愚かさを恥じ入るばかりにございました」

「剣術家が剣術家として生きることは難しい世の中じゃ。そなたを、そのようなことで煩わせたくはなかった」

　磐音は玲圓の言葉を聞くと速水左近に視線を巡らし、

「明日の夕暮れ、なんとしても大納言様を西の丸に無事お戻しする所存にございます」

「磐音どのの武運に頼るしか、それがしに手はない」

　速水は嘆きの言葉を口にすると、それでも、

「屋敷に戻り、無い知恵を絞ってみよう」

　と玲圓と磐音に言い残すと道場から辞去した。

「そなたの衣服が血の臭いで染まっているようだと、おこんから聞いた」

磐音は浅草田圃の出来事を玲圓に告げた。

「丸目歌女め、爺様をそなたに討たれたことがよほど悔しいとみゆる」

「丸目どのと歌女、盲目の丸目どのの杖になり、長年にわたり諸国を放浪してきた様子。事情は分かりませぬが、二人の絆《きずな》は深く、濃いものでありましたろう。その丸目どのの死に歌女が憤激してそれがしをつけ狙う、その気持ちは分かりますが、やり方が」

「なぜ再三再四、刺客にそなたを襲わせるか解《げ》せぬか」

「歌女は、おまえが何人刺客を斃そうと果てはないと思え。これからも無間地獄の殺しを重ねることになる。その者どもの怨霊がおまえの身に重く取り憑いていずれ身を滅ぼす。最後におまえの息の根を止めるのはこの丸目歌女、と宣告いたしました」

「そなたの神経を苛立《いらだ》たせ、疲れさせる無間地獄の策とな。なんと恐ろしき術を使いおるか、あの小娘」

「歌女の策が勝つか、それがしが神経を狂わすことなく凌《しの》ぎ切るか。覚悟の前にございます」

「命を捨てる覚悟の刺客が貰い受ける代償、少ない金子ではあるまい。歌女の背後に神田橋が付いておる証《あかし》よのう」

「吉原会所の面々が、刺客四人の亡骸を三ノ輪の浄閑寺に運ぶ始末をつけてくれました」

磐音は四郎兵衛の意向とその理由を告げた。

「吉原がわが陣営に参戦してくれるのは大きな力じゃぞ」

「速水様にお知らせすべきでしたか」

「それがしの口から話す。田沼の用人が粗悪な南鐐二朱判銀を吉原で小判に両替した事実、田沼を追い詰める材料になるやもしれぬ」

と応じた玲圓が、

「磐音、明日を凌いだあと、そなたと同道したいところがある。その折りは付き合うてくれ」

「養父上、畏まりました」

と磐音は答えた。

磐音が今津屋の店の前に来たとき、陸尺《ろくしゃく》付きの乗り物が控えているのを見た。そして、店に緊張が走り、初老の武家が何人もの供を従えて姿を見せた。その挙動と顔付きから、権力を執行する側の威勢と横柄と傲慢《ごうまん》が漂ってきた。

磐音は乗り物に向かう武家を避けて軒下に入ろうとした。

その動きが磐音への関心を抱かせたか、二人の目が偶然にも合い、眇《すがめ》が睨んだ。

そして、にたりとした笑みを浮かべ、さらに眇を細めると、

「もしや、そなたは尚武館の佐々木の養子どのではござらぬか」

と問うた。

「いかにも佐々木磐音にございます」

「世上の噂にはあれこれと聞いておったが、なかなかの偉丈夫よのう」

「失礼ながら、どなた様にございましょうか」

「老中田沼意次が用人井上寛司じゃ」

と相手が胸を張った。

なにがあったか、今津屋からだれも見送りに出てこなかった。

「お初にお目にかかります」

「過ぎし安永五年（一七七六）四月の日光社参の折り、お行列に随行するそなたを日光にて見かけたと思うたが」

「井上様、それがし、その当時は深川の裏長屋住まいの浪人者にございました。

なんじょう家治様の日光社参に随行できましょうや。お間違いにございましょう」

「それがし、目だけは確かでな。見間違うはずもないが」

「井上様、他人の空似ということもございます。別のお方を覚えておられるのでございましょう」

そうかのう、と井上がぬめりとした蛇の肌を感じさせる眼差しで受け流すと、

「神保小路は、剣術ばかりかあれこれと処世をお持ちのようだ。とくに夜の江戸を徘徊《はいかい》なされる癖があるようだが、このようなご時世、自重なされよ」

と命じた。

「井上様、ご忠告、佐々木磐音、肝に銘じます」

「それは殊勝な言葉かな」

「その上で、井上様に申し上げたき儀がございます」

「ほう、田沼家用人の井上寛司になんぞ注文があるとな。これはまた異なことよ」

「さる十日ほど前、それがしの女房が白昼、雉子《きじ》橋通小川町の辻で女乗り物に攫《さら》われました」

「ほう、そなたの女房が攫われたとな。神隠しにでも遭われたか。それはまた奇怪なことが御城近くで起こるものよのう」

「女乗り物は七曜紋が打たれていたそうな」

「なに、七曜紋とな。田沼家も七曜紋じゃが、いよいよもって奇妙な話かな。佐々木どの、まさか言いがかりではございますまいな」

「これは気付かぬことにございました」

井上は一拍間を置いて訊いた。

「して、女房どのは神隠しから屋敷に戻られたか」

「いえ、深川外れの砂村新田、出雲松江《いずもまつえ》藩松平様の抱え屋敷の敷地に食い込んだ大知稲荷を出入りする女狐《めぎつね》が女房を誘い込んだという情報を得まして、それがし、迎えに参りました」

「迎えに参り、相手は大人しくこんを戻したか」

「おや、井上様、それがしの女房の名をご存じにございますか」

「うーむ、そ、それは」

と慌てた井上が、今津屋の店先ということを思い出したか、

「尚武館の嫁は、この今津屋の奥向きを務めた今小町、ということは江戸に知ら

れた事実ゆえ、この井上も承知よ」

「それはまた下々の話まで恐れ多いことにございます」

井上の顔が再び冷たい蛇目に戻り、

「佐々木磐音、水は低きより高きには決して流れぬのが道理である。このこと、かまえて忘れるでない」

「畏まって拝聴いたしました」

うむ、と鷹揚を装った井上が乗り物に乗り込んだ。

「老中田沼意次様用人井上寛司様、お発ち」

なんと仰々しくも先導の供の声が米沢町に響き、家来たちに取り囲まれた乗り物が今津屋の前から神田橋御門へ向かって、人波を蹴散らすように進んでいった。

「虎《とら》の威を借るなんとかとは、このことにございますな」

見送る磐音の耳に、今津屋の老分番頭由蔵の声がした。

「これは老分どの、気付かぬことでございました」

「佐々木様も井上様に捕まりましたな」

「偶然にも店前で鉢合わせしてしまいました」

「自らおこんさんの名を呼ぶなど、ぼろを出しておいでだ。驕り高ぶった者の油断にございますよ」

「水は低きより高きには流れぬそうな」

「いつの日か、自らがその道理を思い出されることにございましょう」

「老分どの、こちらには昔から井上様のお出入りがございましたか」

「いえ、突然の訪問にございましてな、初めての対面にも拘らず無理難題を平然と申されました」

「その無理難題、あててみましょうか」

「おや、近頃では八卦見《はっけみ》もなさいますか」

「尚武館はあれこれと処世を持っておりますゆえ」

ふっふっふ、と由蔵が笑った。

「二朱判銀を小判に、お上の定めた公定価格で両替してくれぬかとの申し出ではございませんか」

「これはこれは、確かに尚武館はあれこれと才をお持ちですな」

「いえ、種を明かせば、田沼家のもう一人の用人が吉原にも同じ話を持ちかけ、吉原では老中田沼様の名を立てて一度だけ応じたと、四郎兵衛どのにお聞きしたばかりです」

「そうでしたか。神田橋様、だいぶ阿漕《あこぎ》な手を使われますな」

「俵で持ち込まれた二朱判銀には偽貨も混じっていたそうな」

「老中の用人がなすべきことではございませんよ」

と吐き捨てた由蔵が、

「どうですね、一太郎坊っちゃんの顔でも見て、目の穢《けが》れを落としませんか」

と磐音を今津屋の奥へと誘った。

第三章　違イ剣

一

磐音は夕餉前に神保小路の尚武館の門を潜《くぐ》った。すると犬小屋の前で霧子が白《はく》山《さん》と戯れていた。
磐音の帰宅に気付いた白山が注意を磐音に向け、
うおううおう
と無事の帰宅を喜ぶように吠えた。霧子が、
「白山は、甘え方が若先生と私とではだいぶ違います」
「それがしには同じに見えるが、接し方が違うか」
「犬はたれが主《あるじ》か門弟か、承知しているものです。白山は犬の中でも格別に賢う

ございます。若先生が背に負うておられる憂いを、白山は察しているのです」

霧子は言うと、

「あっ、これは余計な口を利いてしまいました」

と慌てて詫びた。

霧子は下忍雑賀衆《しのびさいかしゅう》の中で育てられ、動物のことにも詳しかった。

「白山には、それがしが疲れておるのを見抜かれたか」

「いえ、私はそのようなことを申し上げたつもりではございません」

「霧子、気にいたすな」

尚武館の門前には、門番と自称する小田平助も季助《きすけ》もいなかった。

霧子は磐音の帰りを待って白山と時を過ごしていたのか。

「明日のこと、承知じゃな」

「弥助《やすけ》様から連絡が入りました。すでに師匠は目黒村に先行しておられます」

霧子は磐音の指図を待つために門前で待ち受けていたのだ。

「心強いことよ」

「弥助様からの言伝にございます。明日のお鷹狩《たかが》りには、御典医池原雲伯《いけはらうんぱく》様が同行なさるそうです」

磐音は池原雲伯についての噂を以前、中川淳庵《なかがわじゅんあん》から聞いた覚えがあった。

漢方医の御典医池原雲伯は、桂川国瑞ら蘭学《らんがく》派医師を毛嫌いし、ことごとくに敵対する言動を繰り返していた。その背後に田沼意次あってのことだ。

「弥助どのの言伝はそれだけか」

「はい」

磐音は白山の頭を撫でながらしばし沈思した。

「霧子、そなたも師匠のあとを追うつもりか」

「若先生、お指図をお待ちしておりました」

「養父《ちち》もそれがしも明朝には、大納言様のご一行に相前後して目黒に向かう」

「承知いたしました」

霧子がすうっと気配もなく磐音のかたわらを離れ、神保小路の東に向かって歩き去った。

「おや、お戻りでしたか」

季助が番小屋から目をしょぼつかせて姿を見せた。

「白山に帰邸の挨拶をしておったところじゃ。季助どの、遼次郎どのらはどうしておる」

「門弟衆は駒込追分《こまごめおいわけ》辺りまで走られるとか。白山は本日は留守を命じられ、おいてきぼりを食らいました」

「散歩はまだか」

「いえ、最前、霧子さんが連れて出たようです」

「夕餉までまだ間があるゆえ、駒井小路に桂川さんを訪ねる。おこんに伝えてくれぬか」

磐音は小屋に結ばれていた引き綱を解くと、

「駒井小路まで同道せよ」

と白山を連れていくことにした。すると白山が前肢を折って伸びをすると、ゆるやかに尻尾《しっぽ》を振った。

夕暮れ前の武家地に梅の花がはらはらと散っていた。寄合《よりあい》松平家の老梅が風に乗って神保小路に舞う景色だ。

「白山、梅から桜に季節は移る」

磐音が話しかけると、白山が磐音の様子を窺うように見た。

「案ずるな。そう易々と敵の術中に落ちはせぬ」

磐音は白山に話しかけながら駒井小路に入っていった。すると折りから門前に桂川家の駕籠が帰着したところだった。門内に消えようとした駕籠が停止し、引き戸が開かれると国瑞が顔を覗かせた。往診に行った帰りか。駕籠が陸尺の肩から下ろされ、国瑞が降り立った。

「白山の散歩ですか」

「ふと思い立ってのことです。近くまで来たら桂川さんのお顔を拝見したくなりましてね」

それはそれは、と笑みを浮かべた国瑞が、

「白山の散歩に私もお付き合いいたしましょうかな」

と磐音に言うと、その旨奥に伝えよ、と同道の薬箱を下げた見習い医師に命じた。

「白山、天下の御典医どのが同道なさる散歩だぞ。御城で飼われるお犬様にもかようなことはあるまい」

磐音が言いかけると急に顔を引き締めた国瑞が、

「なんぞございましたか」

と訊いてきた。

「明日、大納言様、目黒あたりに御放鷹にお出ましとか」

国瑞の足が止まり、磐音を見た。

「また頻繁なお鷹狩りですね」

国瑞は、二の江村の家基暗殺未遂を言外に匂わせて案じていた。

「御典医池原雲伯様が同道なされるそうです」

「ほう、池原どのがな」

「以前、中川さんから聞いた名ですが、どのようなお方ですか」

白山を連れた磐音と国瑞は、元飯田町堀端に架《か》かる蟋橋《こおろぎ》まで歩いてきていた。

堀端に沿って左に曲がると、河岸道《かしみち》で白山が片足を上げて小便をした。

霧子が連れ出したばかりで、夕暮れの光を帯びた小便が一筋出ただけだった。

「診立《みた》ての腕はなかなかのお方です。ただ機転が利くお医師ではないとの評判です。昔ながらの投薬法で、わが桂川家のやり方とは正反対ですね」

と国瑞が答え、

「田沼様に覚えめでたいお医師と伺っております」

と控え目に言い添えた。

白山が歩き出し、二人も従った。

「佐々木さん、行かれますね」

「はい」

「目黒川に架かる田道橋《でんどう》の橋詰に、あの界隈を仕切る庄屋の染谷《そめや》万右衛門《まんえもん》屋敷があります。染谷屋敷の近くには、かつて家光様や吉宗様が立ち寄られた一軒茶屋があり、おそらくこの一軒茶屋が、家基様の御膳所《ごぜんしょ》になるかと存じます。私は万右衛門方に待機しておりますので、なんなりとお役に立つことがありましたら、使いを寄越してもらえませんか」

「桂川さん、心強うござる」

「なんのことがございましょう」

国瑞が言うと、

「佐々木さんもお疲れのようだ。あとで使いに滋養強壮の薬を持たせますので、おこんさんに頼んで煎《せん》じて服用してください。茶代わりに飲めばよいものです」

蘭方医《らんぽうい》の桂川国瑞は漢方にも知識があるのか、そう言い添えた。

「心遣い感謝いたします」

磐音は友に深々と頭を下げた。

尚武館前に再び戻ると、田丸輝信や井筒遼次郎らが、

「へいはあーへいはあー」

と荒い息を弾ませて肩を大きく上下させていた。駒込追分まで走りに出た田丸らは、最後全力疾走してきた様子だ。

「なかなか頑張っておられるな」

「旅に出ている二羽の軍鶏《しゃも》に負けるわけには参りません。気合いを入れております」

田丸が松平辰平や重富利次郎を引き合いに出した。

「互いに切磋《せっさ》するのは悪いことではござらぬ。辰平どのも利次郎どのも、江戸を離れて尚武館に励みを与えるとは、まさか想像もしておられまい」

早苗《さなえ》が姿を見せて磐音に会釈すると、

「門弟の皆様、そろそろ夕餉の仕度ができます」

と知らせた。

「よし、井戸端で汗を洗い流すぞ」

田丸の号令一下、遼次郎らが井戸端に向かって消えた。

「なにをするにしても田丸様は賑《にぎ》やかな方じゃ」

季助が呟き、早苗が笑った。

ぬ」


「小田平助どのの姿が見えぬが」

「独り、道場で坐禅《ざぜん》を組んでおられます」

「平助どのの悠々たる心構えが羨《うらや》ましい。近頃のそれがしは地に足がついておらぬ」


自らを嘆いた磬音は、腰の包平《かねひら》を抜くと尚武館の玄関から道場に通った。

がらんとした道場の真ん中で平助が結跏趺坐《けっかふざ》をし、手に法界定印《ほっかいじょういん》を結んでいた。

格子窓から弱くなった残照が射し込み、綺麗に磨かれた床板を光らせていた。

平助は光った床の雲に乗った翁《おきな》のようでもあり、悠々閑々として幽玄境に身を委《ゆだ》ねる仙人のようにも見えた。

磬音は平助のかたわらに近寄り、少し離れたところで坐禅を組んだ。短い時間でもよい、心に蟠《わだかま》る俗塵《ぞくじん》を払って無念無想に浸りたかったからだ。

どれほどの時が過ぎたか。

わずかな時間だが、平助の醸し出す解脱心が磬音に移ったか、無心の時を得た。

おこんが道場に入ってきて、

「あら」

と思わず声を洩らし、二人が同時に眼を開いた。

「申し訳ありません。お帰りと聞いたものですから」

「おこん様、よかよか、ちょうど頃合いじゃった」

　と応じた平助が、

「そげんでっしょうが、若先生」

　と磐音に返答を求めた。

「おこん、邪魔をしたというならそれがしのほうだ。平助どのの瞑想《めいそう》に割り込んだのだからな」

「若先生、頃合いち言うたろうが。わしゃ、若先生が道場に入ってこられてたい、一緒に坐禅ば組んでくれなはって嬉しかったばい」

「平助どの、見事な結跏趺坐にございますが、禅寺で修行をなされましたか」

「わしの坐禅な、禅寺修行なんちことはしきらんもん。勝手にくさ、岩の上やら寺の軒先で真似ごとをしただけたい」

　平助が謙遜《けんそん》した。

「いえ、私も道場に入ってきて、阿弥陀如来《あみだにょらい》様が座しておられるかと思いました」

「阿弥陀如来様と、こん平助じゃ、まるで話にもならんたい」

と笑った平助が、

「おこん様、若先生はくさ、近頃忙しすぎたいね。体ばよう休めるごとしてやらんね。余計なこととは分かっちょるが、なんとのう気になってくさ」

「平助どのにも気遣いをさせて申し訳ござらぬ。おこんにも重々悪いと思いながらも、時勢に流されており申す」

と磐音が述懐した。

だれもが磐音の身を気遣っていた。

「若先生は稀有の人たいね、こげん人は、かねの草鞋《わらじ》履いてくさ、三百諸国を探しまわってんおらんたい。他人《ひと》様の重か荷ば負うてくさ、道ばとことこ歩きよるもん。きつかろち思うてんたい、おこん様にもこん平助にも手が出せんたいね」

「小田様、ただ見ているしかないのでございますか」

おこんが思わず、導師にでも訊くように尋ねた。

「かたわらから見ちょるしか手はなか。若先生ならたい、きっとどげんな苦境でん抜けられるじゃろ」

「平助どの、ようござった」

「よかったとはなんな」

平助が磐音を見つめた。

薄暗くなりかけた道場の中、平助の顔が神々しく輝いているように思えた。

「いえ、心の迷いがすうっと軽くなった気がいたしました。時に坐禅に誘《いざな》ってくだされ」

「こっちはたい、暇人たい。若先生がよかときに声ばかけてくれんね」

「お願い申します」

おこんが平助に感謝の眼差しを送った。すると平助の顔がくしゃくしゃに崩れて、

「わしゃ、えらいことばしたごとある。天下の尚武館の若先生に説教ば垂れたたいね」

と笑った。

「おこん様」

と早苗の遠慮深げな声がして、

「夕餉の仕度が整いました」

と告げた。

磬音の膳は母屋にあった。

「養父上、お待たせして申し訳ございません」

「駆け回っているようだな」

「落ち着きなく動き回っていることを、小田平助どのに窘められました」

「小田どのは坐禅を組んでいたようだな」

「見事な結跏趺坐にございます。その姿を見た切那《せつな》、それがし、はっと胸を打たれ、思わずその隣で坐禅を組みました」

「戻ってきたと聞いたが、それで遅くなったか」

得心した玲圓が首肯した。そこへ膳を運んできたおこんが、

「蓮《はす》の台《うてな》に座しておられる阿弥陀如来様かと思いました」

「得難き人物が、一番大事なときにわが尚武館に逗留《とうりゅう》してくれたものよ」

玲圓も感謝の言葉を洩らした。

「養父上、お酒はどういたしましょうか」

「磬音と一盞《いっさん》を傾けたい。一本だけつけてくれぬか」

と玲圓が願い、ただ今、とおこんが台所に下がった。

「養父上、今津屋の店頭で田沼様用人井上寛司どのに会いました」

「井上用人にとな。今津屋に何用かのう」

「吉原と同じく、二朱判銀を小判に両替せよとの要望を持ち込まれたそうです」

「なんと、両替屋行司の今津屋に、正面きってそのような強請《ごうせい》をなしたか」

「今津屋では吉右衛門どのと老分どのが対応なされ、粗悪な二朱判銀が下落しておることはご承知でございましょう、公定の八枚で交換せよとは無理にございます、と丁重にお断りなされたそうな」

「大人しく引き下がったか」

「いえ、今津屋では明和九年の二朱判銀騒動の折りは、幕府に与《くみ》して一両八枚の二朱判銀両替を通し抜いたではないか、と反論なされたとか」

「あれから七年、二朱判銀はいよいよ銀目なしの粗悪な貨幣に堕落してしもうたわ。いくらお上が二朱判銀を他の金貨同様に扱えと言われても無理があろう」

「田沼様では吉原や今津屋に粗悪な貨幣の小判両替を強要されましたが、吉原のお付き合いは一度だけ、今津屋は最初から断ったため、井上用人のご機嫌必ずしも麗しゅうは見えませんでした」

「これだけでは終わるまい」

「いかにも」

玲圓が考え込んだ。

「養父上、弥助どのから、明日のお鷹狩りに御典医池原雲伯様というお医師が同行されるということを知らせて参りました。桂川先生にお尋ねに参ったところ、診立てはなかなかの腕前のようですが、投薬は漢方医の古いやり方だそうでございます」

「まさか、田沼派の息がかかった医師ではあるまいな」

「中川先生の話では、その背後に田沼様が控えておられるそうです。弥助どのも言外にそのことを知らせてきたのでしょう」

「ふーむ」

と玲圓が唸った。

「ともあれ、桂川さんからは、目黒川田道橋の染谷万右衛門屋敷に詰めているゆえ、なんぞあれば使いを出してくれとのことでした」

「それは心強い」

「すでに弥助どのと霧子は先行して目黒村に入っております」

「二の江村の折りと異なり、われらは遠巻きにしか家基様の様子が窺い知れぬ。

いささか不安ではある」

「養父上、家基様の周りには、命を投げ出す覚悟の御近習衆もおられます」

「依田鐘四郎がお傍近くにいるのは心強いかぎりじゃ」

「なんとしても明日を乗り切りませぬと」

「いかにも」

玲圓も磐音も、こたびの戦は防御ばかりで攻めに転じられないのがもどかしかった。

「上様が田沼意次様の危険になぜ気付いてくださらぬか」

徳川家治は、

「そうせい様」

と陰で呼ばれていた。家治は体が虚弱だったために大事に育てられ、あげく凡愚と評される将軍で、御側衆《おそばしゅう》の意見具申に、

「そうせい」

と答えるしかなかった。この「そうせい様」の異名、十二代将軍家慶に引き継がれることになる。

ともあれ、十代家治は歴代中、もっとも禁欲的にして優柔不断の将軍であった。

それは紀伊の傍流から八代将軍に昇りつめた野心家の祖父吉宗と、痴呆《ちほう》にして言語不明瞭《ふめいりよう》な父の家重を見て育ち、十五の歳まで祖父の強い影響下で育ったことが、この禁欲にして優柔不断の性格を作り上げていた。

「ささっ、お酒の燗がつきました」

おこんの声がして二人の話は終わった。

二

目黒川は乳白色の靄《もや》で霞《かす》んでいた。

陽が上がったか、靄が橙《だいだい》色に染められた。だが、視界は閉じられたままだ。靄の向こうから馬の嘶《いなな》きが伝わってきて、馬群が墨絵ぼかしに対岸の河岸道を移動していくのが見えた。

磐音は着流しに備前包平を一本差しにして、裾《すそ》を絡《から》げて破れ笠を被り、面体《めんてい》を汚れ手拭いで覆い、この界隈に住み暮らす貧乏浪人の体《てい》だった。

家基から拝領した小さ刀をその脇に差したのは、なんとしても家基を守り通す決心の表れだった。

家基の一行に近づくことは叶わなかった。住人が、遠巻きにお鷹狩りを見物する体を装っていた。

佐々木玲圓は目黒川に浮かべた川舟に投網《とあみ》を打つ隠居老人に扮《ふん》し、舳先《へさき》に立っていた。

船頭は柳橋の船宿川清の小吉《こきち》だ。

夕餉のあと、玲圓と相談の上、機動性を持たせるために舟を目黒川に浮かべることを思い付き、磐音はその夜のうちに尚武館を出て、川清を訪ねた。

川清と佐々木家の付き合いは今津屋を通してのことだが、今は互いが信頼し合う関係を築いていた。

なにより家基も、この川清の船を使って本所深川を水上からお忍びで見物して廻り、最後には六間堀の宮戸川で鰻の蒲焼を食するという、十代将軍の世子が前代未聞の願いを叶える企てに参加していた。

その折りの案内役は磐音であり、おこんであり、船頭は小吉だったのだ。

磐音は、対岸の中目黒村を行く馬群を追って進んでいった。そして、小舟がゆっくりとそのあとに従って移動していく。

朝靄に包まれた目黒村界隈には、家基がお鷹狩りをするという通達がなされていた。ためにそれなりの緊張はあっても百姓衆は野良作業に出ていた。それは家基が望んだことであったからだ。

磐音は訝しさを感じていた。

二の江村のお鷹狩りに付きまとった妖気や殺気が微塵《みじん》も感じ取れなかったからだ。

(どこに潜んでいるのか)

磐音は対岸を行く狩り姿の武家一行の騎乗姿を目で追いながら、ひたひたとあとを追っていった。

濃い靄から溶け出すように黒い影が現れた。

前日から目黒入りしていた弥助だ。

「ご苦労にございます」

「弥助どのこそ徹宵《てっしょう》の警戒、ご苦労にござった」

「二の江村といささか様子が違っておりますな」

「ご一行が狩りを楽しまれるのはよいが、あまりにも長閑《のどか》すぎる。却《かえ》って不気味じゃ」

「へえっ、それでございますよ」

と応じた弥助が、

「未明の八つ半（午前三時）の頃合いまではこの界隈に例の妖気と殺気が漂い、腐臭までして怪しげでしたが、ご一行が到着なさる半刻《はんとき》（一時間）前に、すうっとその気配が消えていったのでございますよ」

「われらを油断させるためであろうか」

「その辺がなんとも」

弥助が首を傾《かし》げた。

「若先生、わっしの仲間を頼り、池原雲伯の身辺を探っております。昨日の今日で未だなんら怪しいところは見えませんが、池原の娘がさる大名家の家来の家に奉公に上がっているとか。この辺りが匂うところではございます」

「田沼様ご家来衆の家に奉公に上がっておると推測なされたか」

「池原雲伯が桂川先生と交替で西の丸に入ったには、それなりの手蔓《てづる》がなければできない算段でございますよ」

「いかにもさよう」

そのとき、靄が晴れてきた。

すると、対岸をゆったりと鞍乗《くらの》りしていた家基の一行が跑足《だくあし》に変えた。

ざっざっざ
と馬蹄《ばてい》が土手道を軽やかに蹴る音が伝わってきた。

勢子《せこ》役の犬の鳴き声が風に乗って響いてきた。また御鷹匠衆の拳《こぶし》に止まった鷹の羽音も聞こえてきた。

目黒の野にお鷹狩りの期待と緊張が快くあった。

「わっしはこれで」

「弥助どの、桂川先生が田道橋際の染谷万右衛門様方に控えておられる。なんぞあれば、われらそこで落ち合おう」

「承知しました」

との言葉を残した弥助が、薄れ始めた靄の中に溶け込んで消えた。

その間に、家基一行の馬群は磐音らとさらに間を開けた。

磐音も足を早めた。

田道橋から上流にはなかなか橋がない。次なる橋は上目黒村に架かる宿山《しゆくやま》橋だ。

櫓《ろ》の音が磐音の背から近付いてきて、川舟が土手下の川辺に寄ってきた。

小吉船頭の舟だ。

磐音は土手を駆け下り、

「ご免」

と投網を構えた体の玲圓に声をかけると飛び乗った。

小舟がわずかに揺れて岸辺を離れ、上流へと舟足を上げた。

「靄が晴れるとよい天気になりそうじゃな」

玲圓が長閑な声を磐音にかけた。

「投網日和《びより》にございますか」

「はて、なにか獲《と》れるか」

磐音は玲圓の背と会話を交わしながら、これまで磐音がいたのとは対岸の土手下に、朝露を肩に光らせて走る霧子の姿を見た。さすがは雑賀衆に育てられた霧子、風景に溶け込んで周りの空気を乱さずに移動していた。

霧子は一丁半ばかり先行する家基の一行を目で追いながら、一行が目黒川沿いから離れて下目黒中目黒の入会地《いりあいち》に入り込むときは、玲圓の乗る小舟に知らせる役目を負っていた。

水上からは家基の一行は見えなかったからだ。

「養父上、弥助どのと話しましたが、八つ半まで漂っていた妖気が、家基様ご一行到着の半刻前に消えたそうにございます」

「なんぞ策を弄《ろう》してのことか」

「はて、それが未だ摑めませぬ」

「策士策に溺《おぼ》れると申す。あれこれ考えれば考えるほどぼろを出すものよ。一番困るのがなにもせぬことじゃが、それには勇気がいるわ」

玲圓が呟いた。

小舟から先行すること二十数間余の霧子の移動する姿が、不意に停止した。

小吉も櫓を緩めて舟足を落とした。

磐音は小舟を蹴ってひらりと岸辺に飛び、霧子のかたわらに走った。

霧子は、春の気配を見せて萌えいづる土手の草叢《くさむら》に姿勢を低くしたまま、家基一行を注視していた。

磐音もそのかたわらに膝《ひざ》を屈めた。

およそ一丁先の河岸道のかたわらに小高い岡があり、馬を下りた家基と思しき姿と御近習衆が登るのが見えた。

磐音は、御鷹匠組頭野口三郎助が拳に止まらせたお鷹を家基と思しい若武者に差し出すのを見た。

どうやら綱差《つなさし》役川井《かわい》権兵衛《ごんべえ》のご申告に従い、この朝初めての放鷹が行われる様子だ。

靄がさらに薄れて目黒の野がおぼろに望めるようになった。

お鷹日和で、磐音の視界の中に百姓衆が点景になって作業を始めた姿があった。

どこにも怪しげな気配は感じ取れなかった。

ふわり
と家基の手からお鷹が空に舞い上がり、一気に高空に向かうと、悠然と旋回を始めた。そして、無駄のない飛翔をみせながら鋭い視線を地上に送る動きに、磐音は隼《はやぶさ》号だと直感した。

隼は一際賢いお鷹だった。

目黒の野に怪しげな様子があれば、狩りに集中する姿を見せなかったであろう。その気配を敏感に察して、飛び方を変えるからだ。

だが、隼の旋回は獲物を探してのことだ。

不意に隼が羽ばたき、
すうっ
と下降を始めた。

岡の上の一行に緊張が走り、隼の動きを追うのが分かった。

磐音と霧子の視界にはもはや隼の姿はない。

小さな歓声が上がった。

磐音らの視界に、野兎《のうさぎ》を見事に捕獲した隼が姿を見せた。獲物を誇示するように嘴《くちばし》に咥《くわ》えて、大きな円を描き、家基のもとへと悠然と下降していった。

さらに大きな歓声が起こった。幸先のよい隼の勲《いさおし》に対する随行衆の賞賛の声だった。

岡の一行が再び馬に戻り、目黒川の上流へと進み始めた。

放鷹を愛好した八代将軍吉宗は、目黒周辺の駒場《こまば》原《はら》、碑文谷《ひもんや》原《はら》、広尾《ひろお》原《はら》など未開の広大な原野に目をつけ、幕府の、

「御留場《おとめば》」

として整備した。

この目黒筋には御用屋敷や御薬草園などを設け、遊猟を陰で演出する鳥見《とりみ》役、綱差役が住まいした。

お鷹にとってものびのびと飛翔できる猟場で、多くの鳥や小型の動物が生息していた。

磐音は霧子に従い、土手を走った。

陽は完全に姿を見せ、目黒の野に春の陽射しを投げかけていた。

一行は皀橋《さいかち》を越えて上目黒村に御放鷹場を移し、何度もお鷹が空に舞い上がり、鶉《うずら》などの獲物を捕獲した。

そこで家基の一行は馬を捨てて徒歩になり、目黒川を離れて猟場を広げた。

霧子の知らせに玲圓も小吉の舟を離れて徒歩になり、見え隠れに一行を追うことになった。

犬の吠え声、お鷹の羽音、御鷹匠衆の鷹を呼ぶ声、小さな歓声とがっかりした溜息《ためいき》などが目黒の野に繰り返され、その気配は風に乗って磐音の耳にも届いた。

昼前、一行は江戸外れの渋谷道玄坂から三軒茶屋を通り、多摩川の渡しを越えて大山《おおやま》に向かう大山道が見える辺りにまで、放鷹の範囲を広げていた。

磐音らは人の往来する大山道に近付き、新たに緊張を強《し》いられた。

だが、大山道には異変があるとも思えず、大山道の背後に駒ヶ原の御用屋敷が見えた。

昼前の放鷹を終えた家基一行は再び騎乗して、御膳所の一軒茶屋へと戻り始めた。そこで磐音は小舟に戻るべく、霧子に家基一行の警固方を願った。

姿を見せなかった弥助は恐らく一軒茶屋へと先行しているはずだ。

小舟にはすでに玲圓が戻っていた。

「養父上、ご苦労にございました」

「このまま昼からの遊猟が続くとよいがな」

小吉が無言の裡に舟の舳先を下流へと向け直し、土手を行く霧子の歩調に合わせた。

「このまま済むとは思えませぬ」

「田沼様の妄念を考えると、済むはずもなかろうな」

玲圓が危惧《きぐ》の念を漂わせた。

ご一行の帰り道にも異常がないと見え、土手を行く霧子の歩みは変わらなかった。

家基一行が田道橋の一軒茶屋に馬を止めたのは、四つ半（午前十一時）過ぎのことだった。

玲圓と磐音は一軒茶屋近くの染谷万右衛門方の長屋門を潜った。すると垣根の向こうに母屋があり、縁側に、渋谷川河畔《かはん》にある桂川家の梅屋敷から遊びに来た体の甫周国瑞が二人を迎えた。

「大先生、ご苦労に存じます」

国瑞が玲圓を労った。

「桂川先生、そなた様もご苦労に存ずる」

「いえ、私は梅屋敷の残り梅を見に来ただけですから」

とあくまでその様子を装った。そこへふっくらとお腹が突き出た桜子が現れ、

「大先生、若先生、昼餉《ひるげ》の膳の仕度ができております」

と知らせた。

磐音は、まさか桜子が目黒村まで遠出するとは想像もしなかったので驚いた。

「桜子様、腹のやや子に障《さわ》りませぬか」

と磐音が案じると、

「磐音、そなたが心配することもなかろう。亭主どのは御典医桂川先生じゃぞ」

「おお、いかにもさようでした。ついうっかりと、そのことを失念しておりました」

と磐音も苦笑いで養父に応じた。

玲圓と磐音父子が軽口を叩き合えるのも、家基一行を狙う田沼派の気配が見えぬためだ。

父子が井戸端に出向き、手足を洗う間に、染谷家の女衆《おんなし》の手で縁側に膳が運ば

れてあった。

「これでは物見遊山《ものみゆさん》に来たようじゃな」

と玲圓が呟き、

「大先生、緊張を強いる様子が窺えませんか」

と国瑞が問い返した。

「二の江村の折りとは異なり、なんとも長閑に放鷹が展開されており申す。これが西の丸ご帰着まで続くとは思えぬのだが」

膳の前に座った玲圓がまた危惧の言葉を吐いた。

「この長閑さが却って気になります」

磐音の言葉に玲圓が頷き返した。

「大先生、若先生、池原雲伯どのの娘御が、田沼様の納戸《なんど》衆磯貝十右衛門《いそがいじゅうえもん》どののお屋敷に奉公に上がり、次男弐之助《にのすけ》どのの嫁になることが決まっているそうです」

桂川国瑞の言葉は、佐々木父子に新たな緊張を強いた。

「田沼様は家基様のお側に子飼いの池原を配したのじゃな」

国瑞が頷き、玲圓が一軒茶屋の方角を見た。

「大先生、この家の娘御が、一軒茶屋の女衆頭として台所で腕を振るうておられます。一軒茶屋は吉宗様以来、台所などによそ者が入るのを厳しく禁じてきた御膳所にございます。まずなんぞ起こることはあるまいと思われます」

国瑞の考えに、今度は佐々木父子もいささか安堵した。

縁側に霧子が姿を見せた。

「霧子、ご苦労であった」

磐音の投げる言葉に縁側下に片膝を突いた霧子が、

「あちらでは西の丸様、ご機嫌麗しゅう昼餉の箸を遣われたそうにございます」

「弥助どのからなんぞ報告はあるか」

「目黒の野と同じように、御膳所もいたって平穏の様子にございますそうな」

霧子の報告に頷き返した磐音が玲圓を見返り、

「養父上、われらも昼餉を頂戴いたしましょうか」

と声をかけ、玲圓が頷いた。

「霧子、そなたもこちらの台所に参り、桜子様がおられるで昼餉の膳を誂《あつら》えてもらうとよい」

「弥助様が食しておられぬのに、弟子の私が昼餉を頂戴するわけには参りません」

「弥助どのにはそなたが握り飯を届けるがよい。この戦、長期戦になろう。互いに体を消耗することは慎まねばならぬ」

「はい」

と磐音の言葉を聞いた霧子が染谷家の台所へと姿を消した。

「頂戴しようか」

玲圓の言葉に初めて磐音が春の先駆けの三つ葉の白和《しらあ》えを見て、にっこりと笑《え》んだ。

幼い頃からの好物だったからだ。

なぜ田沼派の影が見えないのか、磐音は考えながら香味の残る三つ葉の和えものに箸をつけた途端、いつもの癖が出た。

玲圓も国瑞も膳に向かった磐音の頭に他の想念はないことを承知していたため、無心に食べ始めた磐音に驚く様子もなかった。

昼からの家基の放鷹は、狩り場を目黒川の支流、馬引沢《うまひきさわ》村から流れ出る小川に沿って行われ、この日、隼号は野兎、鶉、鶴《つる》と五羽も獲物を捕獲して、家基を大いに満足させた。

一方、田沼派の影は全く感じ取れなかった。

「帰り道に何事か仕掛けておるか」

玲圓が磐音に呟いた。

染谷の万右衛門屋敷の門内でだ。

「大山道はすぐそこです。人家が続く大山道で、手荒なことをするとも思えませぬ。桂川さんと桜子様は駕籠でお戻りだそうです。養父上もそうなされませ。ご一行には弥助どの、霧子、それがしが従います」

玲圓はしばし考えて、

「ならばご一行の後ろに従うて参ろうか」

と得心し、磐音らは騎馬のご一行の後先を尾けていった。

だが、目黒での放鷹は何事もなく終わりを告げ、家基一行は西の丸に無事帰城した。

三

数日後、磐音は玲圓の供をして、神保小路を出た。

父子揃っての外出に、おこんや住み込み門弟が門前まで見送り、

「大先生と若先生が連れ立って外出なされるのは珍しゅうございます。われら、供をいたしますでお命じください」

と田丸輝信が殊勝にも申し出た。

二人が珍しく三《み》つ割桔梗紋《ききようもん》の黒羽織に袴《はかま》の正装であったからだ。

「輝信、鬼のいぬ間に洗濯ということもある。心にもない言辞を弄さず、精々羽根を伸ばせ」

と玲圓に一蹴《いっしゅう》された田丸が、

「鬼のいぬ間などと」

「考えてはおらぬか。そなたの顔にそう書いてあるぞ」

「えっ、この顔にでございますか」

顔をつるりと撫でた田丸が、

「いやはや、大先生はそれがしの魂胆まで見抜かれておられます」

と赤面の体で引き下がった。

仲間から笑いが起こり、二人は神保小路を東に向かい、表猿楽町に出た。

この日、磐音は玲圓に従い、行き先を訊こうともしなかった。

　玲圓は外出を前にして磐音を仏間に呼び、先祖の霊に長いこと拝した。磐音は瞑想して手を合わせながら、玲圓が先祖の霊になにか願いごとをしていることを以心伝心で察していた。

　なにが起ころうと、養父であり師である玲圓に従うつもりの磐音であった。

　駿河台《するがだい》下に差しかかったところで、

「養父上、しばらくお一人でお行きくだされ。それがし、すぐに追います」

と玲圓に願った磐音は、常陸土浦《ひたちつちうら》藩の上屋敷の塀脇《へいわき》に寄り、駿河台上にある豊後関前藩の江戸屋敷にいる福坂実高《ふくさかさねたか》に向かって低頭すると、

「豊後関前藩の安泰と実高様の堅固」

を八百万《やおよろず》の神に祈った。

　挨拶を終えた磐音を、玲圓はわずか十数間先の山城淀《やましろよど》藩稲葉《いなば》家の塀下で待っていた。

「恐縮にございます」

「昨今、実高様にお目にかかったか」

「いえ、無沙汰《ぶさた》をしております」

「それがしも実高様に拝顔し、わが口からお許しを得たいものじゃ。磐音、でき

ようか」

玲圓が許しを得たいと言ったのは、豊後関前藩の元家臣であった磐音が実高を未だ、

「ただ一人の主君」

と思い、実高もまた磐音を、

「外に出してはおるが関前藩家臣」

と考え、復藩を願っていることを承知だからだ。それだけに玲圓は、磐音を佐々木家の養子に迎えたことが気がかりであったようだ。

「養父上がご面会を申し出られれば、実高様は必ずや大喜びなされましょう」

「そうか、お許しなされるか」

「それはもう」

「近々、そのような機会を持ちたいものじゃ」

そう答えた玲圓だが、磐音に具体的な指示をしなかった。むろん家基を巡る騒ぎにけりをつけての思いがあったからだ。

「養父上のお気持ちが定まった折り、お知らせください」

二月も中旬に差しかかろうというのに、江戸には寒さが残っていた。

空は冬空のようにきりりと晴れて陽射しもあった。だが、陽射しの中に険しい寒気がいつまでも籠っていた。武芸で鍛えた二人にはその寒さがむしろ心地よかった。

「桜の花もいつもの年より遅かろう」

玲圓がそのことを案じた。

「いかさま、蕾《つぼみ》も未だ見えませぬ。おかしな年にございます」

二人は八辻原《やつじがはら》に出て筋違橋《すじかいばし》御門を潜り、神田川を渡ろうとした。すると橋に詰める御番衆の一人が、

「佐々木大先生、ご壮健の様子、祝着至極にございます」

と挨拶してきた。

「おお、佐貫図書《さぬきずしょ》どのではないか。近頃道場でお目にかからぬが、ご奉公が多忙かな」

と玲圓も笑顔で返礼した。

磐音は壮年の佐貫に面識がなかった。

「かれこれ十年余、道場に足を向けておりませぬ。近頃では錆《さび》落としに道場にと思わぬではございませんが、尚武館と改名された道場に新たな門弟衆が参集され、

連日の猛稽古《もうげいこ》と聞いております。いささか敷居が高くなったようで、迷うておりま す」

「佐貫どの、一旦師弟の契りを結んだからには佐貫図書は玲圓の弟子、そなたの師はこの佐々木よ」

はっ、と感激の体の佐貫に、

「佐貫どの、よい折りじゃ。そなたに紹介しておこうか。養子の磐音と申し、わが佐々木家の後継じゃ」

「佐々木磐音、尚武館の大所帯を負うには未熟者にございます。よしなにご指導のほど願います」

磐音は腰を折って佐々木道場の大先輩に挨拶した。

「これはご丁重なる挨拶、痛み入ります」

と笑みで応じた佐貫が玲圓に視線を向けて、

「大先生、それがし、坂崎磐音と申され、今津屋に出入りなされていた時分から若先生を承知しております」

「なに、知っておったか」

「いえ、それがしばかりか、この界隈の者なら、今津屋のおこん様を娶《めと》られた磐音どのを知らぬ者はおりますまい」

「なに、磐音はおこんの婿として知られておるのか」

「いえ、そういうわけではございません。尚武館の後継の腕は玲圓先生を凌ぐと、あっ、玲圓先生に会うて上気したせいか、口を滑らせました」

「磐音が玲圓を凌ぐか。よいよい、それでよい」

玲圓はあくまで上機嫌だ。

磐音は佐貫と玲圓の問答を笑顔で見ていた。

「よいな。ご奉公の暇を見つけて、いつ何時なりと構わぬ。尚武館に参られよ」

と言い残した玲圓と磐音は橋を渡り、下谷《したや》御成道《おなりみち》に出た。

「佐貫図書どのが熱心に稽古に姿を見せたのは、そなたが佐々木道場に入門する何年も前のことじゃ。図書め、敷居が高いなどとつまらぬ考えなど捨ておいて、堂々と門を潜ればよいのだ。そなたら知らぬ連中には、先代以来の門弟ぞと、大きな顔をしておればよいものを。あやつ、昔から人柄がよすぎるでな」

昔を懐かしむように玲圓が洩らすと、先代の言葉を持ち出したせいか、

「磐音、本日は忍《しのぶ》ヶ岡《おか》に参る」

と初めて行き先を告げた。

「はっ」

と短く磐音は応じた。

「過日、そなたには、佐々木家六代幹基《みきもと》様が直参旗本の身分を解かれた理由を、この玲圓知らぬと告げたな」

「はい。養父上は、旗本身分を辞した佐々木家が御城近くに拝領屋敷を構えることを許されたこと自体、佐々木家の存続の理由であり、隠された使命の意だと言われたように記憶しております」

「うーむ」

「また養父上は、先代宋達《そうたつ》様の最後の模様を語り聞かせてくださいました」

「覚えておるか」

武術に熟達した者同士の会話だ、歩きながらでも他者に聞かれる危険はなかった。

「天上に彩雲あり、地に蓮の台あり。東西南北広大無辺にしてその果てを人は知らず。笹の葉は千代田の嵐に耐え抜き常しえの松の朝を待って散るべし」

「いかにもそのとおり。そなた、父が朦朧《もうろう》とした意識の中で洩らした言葉の意を考えたか」

「それがしなりに幾度も」

　玲圓は首肯したが、磐音の解釈を訊こうとはしなかった。

　二人はすでに下谷広小路に差しかかっていた。

「死の床にあった父は、倅のそれがしに向かって必死に、先祖から伝わり、後世に伝えるべき佐々木の使命を告げようとした。だが、すでに父の正気は失われておった。先祖伝来の使命が正しくそれがしに伝わったかどうか、もはや問うたところで詮無《せんな》きことじゃ」

「はい」

「そなたには亡父が残した言の葉を、それがどのような状態で伝えられたものであれ、一言一句違《たが》えることなく、玲圓が正気のうちに伝えたかった」

「養父上は身心ともにご壮健にございます」

「磐音、近頃父と同じ時期を迎えたようでな」

「なんじょうそのようなことがございましょうか」

　磐音は分かっていた。

　玲圓が壮健であることも、そして、家基を巡る田沼との暗闘の中でいつ命を差し出す時が来るやも知れぬことも。それは磐音に課せられた運命でもあった。

「養父上のお立場は、佐々木家の後継に許された者もまた同じにございます」

「若いそなたとおこんに佐々木の重荷を負わせてしもうた」

「われら二人が選んだ道、斟酌《しんしゃく》無用にございます」

「覚悟ができておると申すか。そなたは佐々木家に入って以来、それがしに幾たびとなく答えてきたな。そなたのことゆえ、その言葉を玲圓、努々《ゆめゆめ》疑うたことはない。それだけに、そなたら夫婦にすまなく思うておる」

このような玲圓の言辞を聞くのは初めてで、磐音は内心戸惑いを禁じ得なかった。

「養父上、われら、すでに身内にございます」

「ふーっ」

と大きな息を吐いた玲圓が、

「願いがある」

「なんなりと」

「生死はたれにも訪れる。齢《よわい》百を超えた翁《おきな》の死も、生まれてすぐに命を失うやや子の死も、その意は同じ。じゃがな、磐音、生死の意は同じでも、年老いた者が使命を果たして死にゆくとき、若い世代が殉ずることはない。死ぬことより、生きることが苦しいことがままある。じゃが、世間はそうは見まい。未練と考え、無言の非難を送るやもしれぬ。しかし、おこんとともに生き抜いてくれ。この玲圓の言葉を、肝に銘じておいてくれぬか、磐音」

「はっ」

棍棒《こんぼう》で頭を打たれたような衝撃が磐音の五体を走り抜けた。

そのあと玲圓に従い、ひたひたと歩き、いつしか忍ヶ岡にあることに気付かされた。

玲圓は東叡山寛永寺《とうえいざんかんえいじ》の一隅、不忍池《しのばずのいけ》を見下ろす高台にある東照大権現宮の拝殿前にまず磐音を誘《いざな》い、袴のまま拝殿前に正座した二人は、無言の挨拶を徳川家の祖になした。

長い無言の挨拶を終えた玲圓がゆっくりと立ち上がり、

「家康様のお許しを得た」

と磐音に告げた。

次いで玲圓は東照大権現宮に接した別当寒松院《べっとうかんしょういん》の門を潜り、本堂に向かって一礼をなすと、寒松院の一角にある鬱蒼《うっそう》とした林に磐音を導いた。

太古からの原生林を思わせる林は春の陽射しを拒み、薄暗かった。

玲圓は通い慣れたふうで木《こ》の下闇《したやみ》に伸びる道を進んだ。

林の中に円くぽっかりと陽が降って、数基の小さな墓石を、寒さを含んだ光が照らしだしていた。

陽射しの零れる小さな墓地の片隅に岩清水が静かに湧き、そのかたわらの無人の小屋には火鉢が置かれてあった。

玲圓は磐音に、

「岩清水を手桶《ておけ》に汲《く》んでくれぬか」

と命ずると、自らは火鉢の埋《うず》み火を掘り起こし、持参した線香に火を移した。

そうしておいて玲圓は磐音を墓石の前に導いた。

自然石を建てただけの墓石は苔むし、それが長い歳月そこにあることを示していた。墓石には佐々木家を示す文字は一切刻まれていなかった。ただ武門を示す違イ剣の紋が、半ば苔に埋もれて見えるのが標章といえた。

「違イ剣はわが先祖の紋じゃとか。佐々木家の桔梗紋が表紋ならば、違イ剣は隠し紋じゃ。先代の体が動かなくなる前に初めてこの地に連れてこられ、以来、ひと月に一度、月参りをそれがしが行ってきた。おえいも知らず、わが代でこの習わしも絶えると覚悟したこともあった」

苔むした墓石はそのままに、墓石の前の台石を磐音に清めさせた玲圓は、火を付けた線香の半分を磐音に手渡した。

「養父上、佐々木家の菩提寺《ぼだいじ》は愛宕《あたご》権現《ごんげん》裏の天徳寺と心得ておりましたが」

「いかにもさよう。じゃが、それは佐々木の表菩提寺である」

「表菩提寺にございますか」

表菩提寺など初めて聞く言葉だった。

「佐々木には世間に知られぬ隠し墓がある。父の弔《とむら》いの折り、亡骸はそれがし一人が付き添うて寒松院のこの地に埋めた。とは申せ、寒松院の住持無心《むしん》様と格別の付き合いをなしたことはない」

と告げた玲圓は、

「磐音、万が一の場合、無心様に佐々木家の当主と名乗り出て願いの筋を伝えよ」

と命じると、

「さあ、お参りいたそうか」

と墓前に正座した。

磐音も養父に倣った。

一礼をなした二人は線香を手向《たむ》け、両手を合わせて瞑目した。

無言裡に玲圓は磐音を佐々木一族の後継として先祖の霊に告げ、磐音は受けた。

「おえいが嫁に来た頃からの月参りであったが、それがしがどこに参るか告げぬゆえ、おえいは外に女子でも囲うておるかと疑うたこともあったようじゃ」

と玲圓は苦笑いした。

「とんだ妾宅よ。亭主が先祖の隠し墓に月参りとは思うまい」

「いかにもさようにございましょう」

「ところがわが一族にも石部金吉ばかりではのうて、なかなかの艶福家《えんぷくか》もおられたようで、祖父《じい》様など月参りをよいことに吉原通いをしていたと父に聞かされた」

磐音が微笑《ほほえ》んだ。

「そなたはなんでもおこんに告げて出るゆえ、向後そなたが月参りを始めると、おこんが悋気《りんき》を起こすやもしれぬな」

先祖の霊の前で、当代だけが務める隠しごとを磐音に受け渡した玲圓が、安堵したか軽口を叩いた。

磐音は玲圓の軽口の中に、佐々木家の秘め事が受け渡され、身に重く負わされたことを感じとっていた。

「おこんに黙って、こちらに月参りを続けることができましょうか」

「長年夫婦をつづけておるとな、なんとのう伝わるものよ。口に出していえばよいようなものだが、とかく一子相伝などというものは披瀝するとつまらなく思えてくる」

「おこんに伝えるなと命じられますか」

「時代は変わりゆき移りゆくもの。そなたがおこんにこの秘め事を打ち明けたければ、それもそなたの選ぶ道じゃ」

玲圓は言い切った。

養父の考えは闊達《かったつ》自在であった。それだけに磐音は険しく受け止めねばなるまいと心に誓った。

「もはやそなたに伝えることは一つだけじゃ」

「拝聴いたします」

「わが先祖は家康様のご母堂於大《おだい》様の故郷、三河《みかわ》刈谷《かりや》宿の出である。それがし、刈谷を訪れたことはない。ためによう地理は分からぬ。じゃが、札の辻近くに称名寺という寺があるそうな。佐々木家は元々そこが檀那寺であったそうじゃ。父より聞かされた最後の一条は、江戸の佐々木家に異変あらば、刈谷宿の称名寺にすべてを移せとな」

「すべてと申されますと」

「墓石を抱えて東海道を行くこともできまい。心構えのことであろう、とそれがしは理解しておる。つまりじゃ、この玲圓が田沼様との戦いに敗《やぶ》れしとき、さらには佐々木家の存続立ちゆかぬとき、わが遺髪を刈谷の称名寺に納めれば、それでことはおさまろう。いくら田沼様とて、あの世まで佐々木家を追いまわすことはなさるまいからのう」

「その役をそれがしに負えと言われますか」

「そなたしかこの役を果たす者はおるまい」

「いかにもさようでした。ですが、養父上が先代を看取られたときのように、いつの日か、この地にそれがしが立つ日があらんことを願うております」

それは田沼一統との戦いに勝ちを得た後の行いであった。

「それがしもそれを願うておる。じゃが、われら、常に守勢の戦いを強いられておる。万に一つの勝ち目があるかなしか」

「なんとしても勝ちを得て家基様に十一代様に就いていただかねば、徳川幕藩体制の改革はございませぬ。それは同時に佐々木家の存続を意味することにございます」

「いかにもさよう」

と答えた玲圓が墓前から立ち上がり、袴の塵《ちり》を払った。

「磐音、佐々木家の存続など、徳川様の御世が続くならばどうでもよきこと。われらは捨て石。元々武家というもの、一将のために死するが勤め、そのことを忘れるでない」

「肝に銘じます」

林に囲まれた円天井の空をしばし仰いだ玲圓の顔に、白いものがちらほらと落ちてきた。そして、玲圓が、

「なにやら肩の荷が下りたようで軽うなった。その分、そなたに重荷を負わせてしもうた」

と何度目になるのかしみじみと繰り返し、手のひらで春の雪を受けた。

四

不忍池の西側、池の端の緑地と道の間に、大下水がせせらぎの音を立てて流れていた。

巣鴨《すがも》村の東側に湧水《ゆうすい》があり、小さな池を作っていた。

ここを水源とする細流が上駒込村、西ヶ原村、中里村、田端《たばた》村、新堀村、下駒込村を通って、東叡山西側の駒込千駄木《せんだぎ》坂下町を抜け、法住寺の塀下に瀬音を立て、根津権現の門前町を南東に進んで不忍池の西北に差しかかり、一部は不忍池に流れ込むが、残り水は無粋にも大下水と名を変え、池の西から南を回り、下谷広小路を突っ切った。

そこでその名も忍川と艶《えん》なる名に変え、上野元黒門町から三儀橋、一枚橋へ、武家地を西から東に縦断して、浅草阿部川町で新堀川に合わさり、御蔵前で大川に呑み込まれる流れとなった。

水源から下駒込村くらいまでは谷戸《やと》川と呼ばれていた。

大下水にしきりに雪が舞っていた。

佐々木家の菩提寺の月参りを終えた玲圓は、磐音を大下水に接した下谷茅町《かやちょう》に誘い、雪を白くかぶり始めた茅葺《ぶ》きの小さな門を潜って、とある料理茶屋と思しき玄関先に案内した。すると二十歳をいくつか過ぎた女が、

「玲圓様、月参りご苦労にございました」

と迎えた。

磐音が一瞬どきりとしたほどの美形だった。

玲圓の祖父は月参りを口実に吉原通いをしたというし、若き日のおえいは玲圓の秘事を妾宅通いと疑ったこともあると聞かされていた磐音は、この家が養父のそのような隠れ家ではないかと思ったほどだ。

また佐々木家の秘事の月参りを若い女が承知なのも訝しかった。

玄関外で雪を払った二人は腰から大刀を抜き、女に案内されて廊下をうねうねと抜け、庭に突き出した離れ屋に案内された。

庭の松の枝はすでに雪を積もらせて撓《しな》っていた。

「お婆《ばば》様、玲圓様がお見えにございます」

女が声をかけると、奥座敷から、

「春の名残り雪の中、ご苦労に存じますな」

と江戸言葉にしては優しい抑揚の返事が聞こえてきた。

控えの間で二人は大刀を娘に渡した。そして、羽織を脱いだ玲圓と磐音は、離れ座敷に通った。

その部屋には心地よいほどの暖気があり、細身に白い顔のお婆様が玲圓に会釈すると、磐音をじいっと凝視《みつ》めた。

「お婆様、そのように見られては、尚武館の若先生が戸惑われます」

案内した娘がお婆様を窘めた。

お婆の孫娘かと、細面の顎《あご》のかたちに二人の女の血の繋がりを磐音は感じ取った。

「おや、失礼をばいたしましたな」

とお婆様が答え、

「磐音様は、玲圓どのの若き日を彷彿《ほうふつ》させますが、男前は一段と上でございますよ。な、忍《しのぶ》」

と孫娘の名を呼んだ。

「お京《けい》様、ご機嫌麗しゅう拝察いたし、なによりにございます」

と挨拶した玲圓が未だ戸惑ったままの磐音を見やり、

「お京様、忍、わが後継の磐音にござる」

と口を添えた。

磐音は事情が分からぬままに、

「佐々木磐音にございます」

と二人の女に挨拶した。

「お婆、ようやく磐音様にお目にかかることができました」

お京が目を細めて磐音を見た。

「玲圓様、磐音様が困っておいでにございますよ」

と忍が執り成した。

「磐音、最後の秘事というほどでもない。月参りのあとにこの家を訪れて一盞するのが習わしでな、それがしも亡き父から教えられた。父もまた爺様から、爺様もまた大爺様からと、月参りの秘事のひとつとして伝えられてきたものじゃ。お京様もその母御から、母御は大婆様からと伝えられ、月に一度こうして迎えてくれる習わしじゃ。いつの頃から始まった料理茶屋谷戸《やと》の淵《ふち》通いか。若き日のおえいが、それがしが妾宅を構えておると疑うた月参りの楽しみごとよ」

と苦笑いした。

「あれ、おえい様はそのようなことを考えられましたか」

と忍が玲圓を見た。

「貧乏道場の後継に妾など囲えるわけもない。じゃが、若さというものは男にも女にも妄想を抱かせるものでな」

と玲圓が笑った。

「磐音、この谷戸の淵で、佐々木家当主は月参りの日にこの家の身内と顔を合わせてきた。いつの頃から始まった習わしか知れぬが、この家にそれがしが通うのも今宵が最後となった。次の月参りは磐音、そなたになる」

「養父上はいまだご壮健、本日のように二人で月参りもできましょう」

「となれば、玲圓に手ほどきされて磐音が妾宅通いをしておるとおこんが疑うぞ」

と冗談口を叩いた玲圓が、

「習わしなんぞ、およそつまらぬものよ。じゃが、長いこと続いてきたにはそれなりの理由もあろう。来月からはそなたの勤めである。それがしは本日をもって隠居いたす」

と磐音に宣告した。

「はっ」

　磐音は受けるしかない。

「お京様、忍どの、よしなに願います」

　磐音が二人に改めて挨拶した。

「私は、若先生もおこん様もとくと承知にございます」

　と言って忍が微笑みかけた。

「それがし、忍どのと会うて失念した覚えはございませぬが」

　磐音が考え込んだ。

「いえ、顔を合わせて挨拶したわけではございません。私が今津屋様の店頭でお見かけしただけです。その折り、おこん様に見送られて出てこられた磐音様は、淡い萌黄《もえぎ》色の着流しのお姿にございました。何年前のことでしょうか」

「ならば深川六間堀に住まいしていた頃にございましょう」

　と磐音が答えたところに、離れ座敷に別の女人が入ってきた。

　磐音にも即座にお婆様の娘、そして忍の母親と分かる姿態と顔付きの女だった。

「磐音、この家の当代のお茅《かや》様じゃ」

　と玲圓が紹介した。

料理茶屋谷戸の淵の三代の女たちが顔を揃えたことになる。

「若先生、よう参られました」

お茅は二人と同じく細面だが、顎が幾分ふっくらとしていた。

磐音は、三代揃ってこれほどの美形を見たことがないと、眩しげに女たちを見た。

「玲圓様が安堵なされた理由、この茅、ようやくにして分かりましたよ。このお方ならば尚武館は安泰にございます」

「お茅様、一度は佐々木家の断絶を覚悟したそれがしであったが、最後に千両富を引き当てた気分にござるよ」

「おっ母様、本日の玲圓様は軽口や冗談ばかり、いつもの先生と違います」

と忍がお茅に訴えた。

「忍、玲圓様の両の肩に、それだけ重い荷が負わされていたということです」

「あれ、その荷、磐音様と交替なされましたか」

「それが佐々木家の習わしです。いつの日か、そなたが磐音様とお子の引き継ぎの場に立ち会うことになりましょう」

「いつのことにございましょう」

忍が遠くを見つめる眼差しで天井の一角を見た。
「忍どの、それがしは未だ子に恵まれておりませぬ。そう先のことを想われても
いささか困ります」
磐音の想念の中に佐々木家の存続が見えなかった。田沼意次との暗闘のためだ。
「あれ、私、先走りすぎました」
「忍どの、養父に近付けるよう、この磐音も精進いたします。末長い付き合い、
宜しくお願い申します」
控えの間に人の気配がして、膳が運ばれてきた様子があった。だが、その者た
ちが座敷に顔を見せることはなく、忍が膳部を運んできた。
料理の載った膳は二つ、そして銚子に朱塗りの中盃が一つ。
忍が玲圓に朱塗りの盃を持たせると、七分目に酒を注《つ》いだ。
「お京様、お茅様、忍どの、長きに亘《わた》る厚情、この玲圓感謝すべき言葉を持たぬ。
向後は磐音をよろしくお頼み申します」
三代の女に頭を下げた玲圓が中盃に二度ほど口をつけ、三度目に口に含んでゆ
っくりと飲み干した。そして、その盃を磐音に渡した。
「この儀、この家の女衆と飲み分ける習わしでな」

「承知いたしました」

両手で受けた磐音は玲圓を真似て、中盃の酒を三度に分けて飲み、

「お婆様」

とお京に回した。

朱塗りの盃がお京からお茅、さらに忍に廻り、最後に磐音に渡された。

「そなたが飲み納めよ」

玲圓の命に従い、五人を渡った盃の酒を飲み干した。

「佐々木玲圓どの、ご苦労にございました」

お京が改めて玲圓を労い、

「若隠居を惜しむ名残りの雪になりました」

「お京様、もはや若隠居という歳でもあるまい」

「なにをなさいますか」

「格別になにをしたいという願いはござらぬ。先頃まで、暇ができたら諸国を旅したい気持ちがないこともなかったが、今はその気も失せました」

「玲圓どの、私ももはや老い先は定まりました。そなたとは最後の顔合わせゆえ、余計なことを喋《しゃべ》りとうなりました。よろしいか」

「お京様、今更小言を食らうのはご免じゃぞ。もはやそれがしには小言の種をつくる元気もないでな」

「磐音様、そなたの養父御は、若い頃は私に叱られるほどの放蕩《ほうとう》をしのけたこともあります。今でこそ尚武館の大先生に納まっておられるが、脛《すね》に疵《きず》を持つ身にございますよ」

「お京様、もはや昔の話はよかろう」

「そなたが珍しく軽口を叩かれるでな、つい私も乗せられて話を外しました」

と顔を引き締めたお京が、

「玲圓どの、老中田沼意次様との戦いやいかに」

とずばりと訊いた。

「さすがは不忍池の端に代々料理茶屋の看板を掲げるご隠居どの、勘は衰えませぬな」

「この商いをしていれば、それなりに小耳に挟むこともございます」

「なんぞ田沼様の噂がお京様の耳に留まりましたかな」

「田沼家の伝えによれば、氏《うじ》は藤原にして、もともとの名は佐野と聞き及んでおります」

お京の言葉に磐音が思わず頷いた。

「磐音様はご承知の様子じゃな」

「ただそのことのみを」

「人間出世されますとな、あれこれ埒《らち》もない出自《しゅつじ》を飾りとうなります」

「田沼様がなにか」

「玲圓どの、まあ、お聞きくだされ。直参旗本佐野善左衛門政言《ぜんざえもんまさこと》様と申されるお方が、先代からうちのお客様でしてな、善左衛門様も時折りうちの座敷に上がられて、酒食を楽しんでいかれます。この善左衛門様から私がじかに聞いたこと、それがそなた様方のお役に立つかどうかは知りませぬ。佐野姓であった田沼家の家祖は、佐野庄司《しょうじ》成俊と申されるそうじゃが、正直申してどこの馬の骨か分からぬ御仁、家伝などございませんよ。この成俊様からだいぶ代が下った壱岐守《いきのかみ》重綱様が田沼姓に改名なされたと聞いております。さて、ただ今の田沼様、老中に昇りつめたはいいが、家伝がのうては家系にさわると考えられておられるようで、旗本佐野家の系図の借用を申し込まれたそうな。佐野家では致し方なく系図をお見せすると、用人がしばし借り受けたいと申し出られたとか。じゃが佐野家では、系図は私伝にござって門外不出が決まりと何度もお断りなされたそうです。それが田沼意次様の嫡男意知様が用人同道で屋敷に来られたため、さすがに佐野様でも断りきれなくて、お貸ししたそうな」

「田沼様は他家の系図を借用してなにをなさろうというのじゃ」

「玲圓どのには分かりますまい。成り上がり者はとかく出自を気にするもの、旗本佐野様の系図を盗用して、家祖の佐野庄司成俊様以来の系図を作ろうという魂胆にございましょう」

「ほう」

「玲圓どのより磐音様のほうが気になされますか」

「お京様はこの系図借りの話がなんぞ気になられますか」

「系図の借用は昔から揉《も》め事の種と、私の婆様に聞かされました。この話、ひょっとしたら田沼様の弱みになるやもしれぬと思いましてな。磐音様、佐野善左衛門様にお目にかかりたいと願われるなら、このお婆が生きているうちに言うてくだされ」

　とお京が話を納めた。

　磐音は料理茶屋谷戸の淵で借りた足駄に傘をさし、駕籠に乗った玲圓のかたわらに従い、不忍池をくるりと半周して下谷広小路に出た。

谷戸の淵に出入りの駕籠屋で、見送りに出てきた忍が磐音の耳に、

「光次《みつじ》さんと八助《はちすけ》さんなら、どのようなお客様にも安心してお預けできる駕籠屋さんです」

と囁《ささや》いた。つまりお客の話すことは決して他者に洩らす心配はないと忠言してくれたのだ。

玲圓は佐々木家の秘事を磐音に託して安堵したか、小鯛《こだい》の焼物を、

「これは美味じゃ。桜鯛もよいが、かように小さい鯛も美味《うま》いわ」

と酒をいつもより多めに飲んだ。

磐音はそのような養父の無心の笑みを初めて見たようで、心が温かくなった。

お相伴に一合ほど飲んだ磐音だが、降り積もった雪に酔いはすでに醒《さ》めていた。

「養父上、お疲れにございました」

傘を片手に磐音が駕籠の玲圓に話しかけた。

「玲圓、老いるの図よのう。わずか三、四合ばかりの酒に酔うたわ」

「酔われたのは酒のせいではございますまい。これまで負うてこられた重荷ゆえです」

「そなたに担がせることになった。相すまぬことよ」

時刻は四つ（午後十時）前だったが、雪のためか下谷広小路から御成道にかけて人影はなかった。ただ遠くの辻を赤犬が横切ったのみだった。

「佐野家の話、どう捉《とら》えればよいか分からぬ」

「養父上、それがしが引き受けます」

「頼もう」

と願った玲圓は眠りに落ちたか、鼾《いびき》が聞こえてきた。

磐音は今宵のような玲圓を見るのは初めてのこと、却って微笑ましく感じた。

いつまでこの平穏が続くか。

谷戸の淵で、磐音がまだ見ぬわが子に佐々木家の秘事を引き渡す日が巡りくるのか。想像だにできないことだった。

「うーむ」

磐音は妖気を感じとった。

玲圓の鼾がやんだ。

駕籠は神田旅籠町《はたごちょう》に差しかかっていた。

「養父上」

「丸目の孫娘か」

「さよう心得ます」

「ふーむ」

玲圓は、たびたび姿を見せながら、正面切って戦いを挑もうとはせぬ丸目歌女の行動の意味を考える気配の沈黙があった。

神田旅籠町と神田仲町の間に、広小路を小さくしたような広場がある。

「駕籠屋どの、止めてもらえぬか」

駕籠屋の先棒《さきぼう》の光次が、へえっ、と白い息を吐きながら歩みを止めた。棒の先のぶら提灯の灯りが揺れ、降りしきる雪が渦を巻いた。

行く手に杖《つえ》をついた丸目歌女が姿を見せた。

「ひえっ!」

と光次が悲鳴を上げた。

「歌女どの、深夜に駕籠屋どのを驚かしてなんとする」

雪の渦が止まり、

「佐々木磐音の命、あと十日余り」

「それがしが命日をわざわざ教えに参ったか。ご苦労でござるな。駕籠に養父上が乗っておられる。風邪《かぜ》を召されてもいかぬゆえ、道を開けてくれぬか」

「磐音、そなた、未だ丸目一族の恐ろしさを知らぬ。心してその時を待て」

再び降りしきる雪が渦を巻き、歌女の姿が渦とともに消えた。

「駕籠屋どの、驚かせてしもうたな」

「あの女、なんですね。亡者ですかえ」

「そのようなものじゃ」

「ふっふっふ」

と駕籠の中から玲圓の笑い声が聞こえ、駕籠屋は雪道を進み始めた。

やがて、玲圓の鼾が聞こえ始めた。

第四章　川越行き

一

玲圓と磐音が秘事の月参りの交替を済ませた日に降り始めた雪は、翌未明に熄《や》んだ。

積雪はおよそ四寸余におよび、尚武館の庭木の枝葉を撓らせていた。そのような日が数日続き、神保小路は泥濘《でいねい》でぐずぐずになり、往来する人々は足をとられて難儀した。

日陰に消え残った雪が黒く染まった頃合い、尚武館の母屋では二代の夫婦が膳を共にした。

その席で玲圓がおこんに命じた。

「おこん、忙しい身は承知しておるが、離れ屋の荷をまとめておいてくれぬか」

おこんが両眼を丸くして玲圓を見た。だが、すぐには言葉が出ないらしく口をあわあわとさせた。

「いきなりで驚かせたか。われら夫婦、この母屋から離れ屋に移ろうと思うてな、その仕度を心掛けておいてくれぬかと申したまでじゃ」

「養父上《ちちうえ》、驚きました。てっきり佐々木家から離縁されるものと……」

「本気でそう思うたか、おこん」

「はい」

「それはすまなんだ。おこんは三国一の嫁女、それを里に返す馬鹿者がどこにおるものか。おこんが深川に戻るとなれば、磐音も従おう。それではわれら夫婦だけの暮らしに戻ってしまうわ」

玲圓の言葉はさばさばしていた。おこんの目がおえいにいった。

「養母上《ははうえ》、驚かされました」

とおこんがおえいに訴え、おえいが、

「予《かね》てより亭主どのが考えておられたことです。おまえ様が前触れもなくいきなり言われるものですから、おこんが肝を冷やしましたよ」

「重ね重ねすまなんだ。考えてみれば、磐音の歳にはそれがしも道場を引き継いでおった。本来ならば祝言の折りにわれらが離れ屋に移ればよかったが、そなたらが佐々木の暮らしに慣れた時期にと思うておったら、今になった」

「養父上のお気持ち、有難くお聞きいたしました。されどただ今は、いささか気忙《ぜわ》しい時期にございます。今しばらくお待ちいただけませぬか」

「磐音、こたびのこと、そう容易く決着がつく話ではあるまい。となれば、お互い多忙は承知の上で道具を入れ替えようという話だ。輝信らに手伝うてもらえば半日で済もう」

おまえ様、とおえいが呆《あき》れ顔で玲圓を見た。

「半日では済まぬか」

「私がこの佐々木に嫁いで三十年近く、あれこれ道具も増えました。おまえ様が言われるほどにはいきませぬ。また女は女で、そのような折りには始末したきものもございます。このようなぐずついた季節が過ぎた初夏にでも、母屋と離れ屋を交換いたしませぬか」

「そうか、それほど先になるか」

玲圓はしばし沈思した。

「そうじゃな、離れ屋は先年新築したばかりだが、母屋は正徳《しょうとく》年中（一七一一～一六）に佐々木家がお上から譲り受けた屋敷だ。重厚な造りといえば聞こえもいいが、陰気で古めかしい。若夫婦にはいささか暗かろう」

と玲圓が周りを見回した。

「おまえ様、台所など、だいぶがたついておりますよ」

「ならば銀五郎棟梁《ぎんごろうとうりょう》に頼み、若夫婦が住むにふさわしいよう手を入れてもらわぬとな。初夏にさしかかるのは致し方あるまい。ただし、尚武館佐々木道場の主《あるじ》はすでに磐音である。両人、さよう心得よ」

玲圓は宣告すると自らの気持ちを整理した。

磐音には、玲圓の切迫した気持ちがおえいとおこんに伝わったとは思えなかった。それだけに玲圓の複雑な胸中を思い、磐音も心が重かった。

「養母上、その心積もりでようございますか」

「われら夫婦の隠居はなんの差し障りもございませぬ。ですが、男衆が考えるほどそう易々と引っ越しがなるものですか」

「安心しました」

おこんが胸を撫でおろし、その話は終わった。

その夜のことだ。

離れ屋に引き上げたおこんが磐音に訊いた。

「養父上のご隠居話は本気だったのですね。私はまだまだ先のこと、冗談かと思っておりました」

「いや、本心のようじゃ。それがし、養父上のお気持ちを考え、われらが母屋に移り住むのもよいかと考えておる」

「養母上のご提案なされたように、初夏を目処《めど》に私どもが母屋に移るということでよいのですね」

「長屋の引っ越しではないゆえ、致し方あるまい。そなたはその心積もりで衣服などを整理しておいてくれ」

「衣替えの季節を終えた初夏なら、なんとなく気持ちが軽くなりました」

うむ、と磐音は答えた。

おこんは磐音が普段着から夜着に着替えるのを手伝いながら、ぽつんと洩らした。

「近頃の養父上は、先を急がれておられるようで気にかかります」

磐音の胸がどきりと音を立てた。

おこんも漠たる不安を抱いていたのだ。

「田沼様との決着、なかなかつきませぬか」

おこんは、江戸の両替商六百軒を束ねる両替屋行司今津屋の奥勤めをしていた。今津屋には、両替の金貨銀貨とともに幕府の機密も入ってくる。それだけに老中田沼意次の力がどれほど絶大か、十二分に承知していた。

「この戦、家基様が本丸に入られるまで続く。養父上は、わが身を軽うして田沼様との戦いに備えたいお気持ちなのであろう」

磐音はおこんにこう説明した。

「それだけにございますか」

「おこん、それだけとは」

「養父上は、命を賭《と》しておられるように見受けられます」

「おこん、武家の戦いは常に命を賭してのものだ。それがしも、そのことは常にわが身に言い聞かせておる」

「いえ、そのようなことは」

途中で言葉を呑み込んだおこんは、女の勘で玲圓の覚悟を察していた。

「おこん」

磐音は夜具のかたわらに座すとおこんも座らせた。

「養父上の本心を、それがしもすべて察しているわけではない。養父上が佐々木玲圓らしい武術家の結末を考えておられるのなれば、それがしは戦に向かって全力を尽くす」

「磐音様」

「おこん、聞いてくれ。それがしは、養父上とともに田沼様一派との戦いの渦中にある。戦いの結末がどうなるか。その先の養父上とそれがしの選ぶ道は異なろう。養父上が佐々木家の母屋から離れ屋の隠居所に移られる意味がそこにある」

「はい」

と答えたおこんが、

「磐音様は、あくまで磐音様の道を歩かれるのですね」

「いかにもさよう」

「いささか安堵いたしました」

「心労をかけるな、おこん」

「私どもは夫婦にございます」

「いかにもさよう。この磐音、大事を決する時、そなたに相談いたす。そのことをこの場で約定《やくじょう》しておく」

おこんが磐音の顔を正視して小さく頷いた。

「私は、雪の夜、駕籠に乗って戻ってこられた養父上をお迎えして、なぜか体がひと回り小さくなられたような感じがいたしました。ところが翌朝、道場を覗くと、いつもどおりの養父上が門弟衆に厳しい稽古をつけておいででした。あの夜、なぜ私はそのような気持ちになったのでしょうか」

磐音はおこんの呟きにも似た言葉に答えられなかった。

いつの日か、佐々木家の秘事をおこんに伝える日が来るやもしれなかった。だが、それは今ではない。玲圓が孤独にも胸の中《うち》で守り通したように、磐音にもその責務があった。

「おこん」

「はい」

「それがしが佐々木家の後継になるかどうか迷うておったとき、そなたが共にこの道を歩んでくれると思うたからこそ、一歩前に踏み出す決心がついた」

「私も磐音様と一緒でなければ、お武家の佐々木家に嫁ぐ気持ちは生まれなかったことでしょう」

「おこん、この道は天の定めだ。踏み外すことなく歩いて参ろうか」

「はい」

磬音がおこんの頰《ほお》に両手を伸ばし、おこんが磬音の胸に体を寄せた。


翌日、朝稽古の終わった刻限、母屋から三味線の稽古の調べが聞こえてきた。

女師匠の文字《もじ》きよがおえいとおこんに稽古につけに来ておるな、と思いながら道場を出ようとすると、三味線造りの名人にして三味芳の六代目鶴吉《つるきち》が廊下に立っていた。

「おや、鶴吉どのも一緒でしたか」

「つい忙しさに紛れてご無沙汰ばかりしておりますんでね、女房のおこねに言われて文字きよの三味線持ちでお訪ねした次第でして」

「おこねどのも聖吉《しょうきち》どのも息災でござろうな」

「聖吉は、近頃では作業場まで這《は》い出してきやがるほど元気にございますよ」

「それはなにより」

磬音は、鶴吉がなにか用事があって文字きよに同道したのではないかと思った。

「鶴吉どの、なんぞそれがしに御用かな」

「へえ、余計なお節介とは承知で参りました」

鶴吉は、磐音らが田沼意次と敵対し、暗闘を繰り返していることを承知の数少ない町人だった。

遠江相良藩《とおとうみさがら》の田沼領内で橘右馬介忠世《たちばなうまのすけただよ》ら五人の刺客が尚武館の佐々木磐音を斃すために集められ、江戸に潜入したことを知らせてくれたのは、この鶴吉だった。

「田沼様のことにござるか」

「へえ」

尚武館の外廊下から井戸端の日陰に消え残った雪が見え、そのかたわらで諸肌脱ぎの門弟らが冷水で汗を拭っていた。

二人の会話はだれにも聞かれる心配はなかった。

「ちょいと前のこってすが、一人のご老女がうちに来て、三味線を早急に拵えてくれ、金に糸目はつけぬと横柄な口調で頼んできたんでございますよ。普段なら、言葉遣いもぞんざいな老女の頼みなんぞ聞くもんじゃありませんや。だが、田沼の妾の注文と聞いてその気を起こしたんで」

「すまぬ、鶴吉どの」

「なにを仰《おつしや》います。わっしが若先生に助けられたことを思えば、節を曲げるくらいなんでもありませんや」

「妾とは、神田橋のお部屋様ことおすなと申す者かな」

いかにもさようで、と応じた鶴吉が笑った。

「おすなのご老女というのが、あれこれくすぐるとよく喋りやがるんで」

「ほう」

「おすなは矢場女あがりだそうですね」

「そう聞いておる」

「若い頃の田沼意次様と知り合った当時、三味線を習っていたそうで、わっしの三味線をどこぞで知ったらしく、注文をしてきたってわけでさ」

「神田橋から思わぬ客が飛び込んできたものにござるな」

鶴吉が苦笑いし、

「弾き手の腕前、人柄、体付き、声の調子、手の大きさを知らなきゃ、一棹《ひとさお》の三味線を拵えることは叶いませんので、とこっちから注文を付けますとね、ならば神田橋のお屋敷に招くと言いやがるんで」

「ほう、田沼様の本丸に鶴吉どのが入り込まれるか」

「明日、参ります」

「気をつけられよ。おすなと申す女、一筋縄ではいかぬ女じゃぞ。そのかたわらには丸目歌女という妖術使《ようじゅつつか》いが控えておるはず。おすなもまた妖《あや》しげな術を使うやもしれぬ。過日、おこんも白昼、おすなのお行列に誘い込まれて勾引《かどわか》されたほどじゃ」

磐音はおこんが勾引された経緯《いきさつ》を説明した。

「えっ、そのようなことがございましたんで」

「鶴吉どの、神田橋のお部屋様を甘く見てはならぬ」

「へえ、激昂すると田沼意次様の胸ぐらさえ時に摑むこともあると聞いておりましたが、おすなという女、大したタマですな。重々気をつけて参ります」

「よいな、鶴吉どの。尚武館と知り合いということが相手に知れれば、そなたの命が危うい」

「へえ、わっしが文字きよの三味線持ちに化けてこちらの門を潜《くぐ》ったのは、そんなわけでございますよ」

「そうであったか」

「若先生、老中屋敷でおすながどんな暮らしをしているか、見物してめえります。なんぞございましたら、使いを立てずにわっしがこちらにお知らせに参ります」

「有難い」

老中田沼意次の神田橋内の屋敷は警護が厳重で、弥助や霧子でさえ侵入がままならなかった。鶴吉が大手を振って入れるならば、必ずやなにかの役に立つときがくると、磐音は鶴吉の義俠心《ぎきょうしん》に感謝する言葉もなかった。

鶴吉が母屋に戻り、しばらく磐音が外廊下に立っていると、羽織袴の遼次郎が姿を見せた。

どうやら鶴吉との話が終わるのを待っていたようだった。

「遼次郎どの、なんぞ御用かな」

「藩邸から使いが来まして、本日駿河台に戻って参ります」

遼次郎は尚武館の住み込み門弟だが、豊後関前藩の御旗奉行井筒家の次男で、嫡男の磐音が出た坂崎家に養子に入ることが決まっていた。

「なんぞ屋敷に言伝はございますか」

磐音はしばらく考えた後、

「待ってくれぬか。それがしも久しぶりに藩邸に挨拶に出向きたい」

「中居《なかい》半蔵《はんぞう》様方が喜ばれましょう。門でお待ちしております」

遼次郎も声を弾ませた。

三味線の稽古をするおこんに遠慮して早苗に外出先を言い残し、外着に着替えて門前に向かった。すると遼次郎や辰之助らが白山をかまっていた。

「若先生、お出かけにございますか」

「遼次郎どのがお屋敷に戻られるといわれるで、それがしも挨拶に出向く」

「若先生の旧藩が遼次郎の豊後関前藩でしたな」

「田丸、そのようなことよりも遼次郎がゆくゆくは坂崎家の養子に入る、そのことが大事だぞ」

と仲間の一人が口を挟んだ。

「遼次郎が坂崎家に入ると、六万石の国家老の養子か。おい、遼次郎、その節、関前藩に仕官の一つもないか」

「田丸、そのような談判で仕官がなると思うか。いくら藩を出られたとはいえ、若先生は坂崎家の嫡男に違いはなかろう。まず若先生が許されぬな」

と仲間が田丸に言った。

「若先生、やはり駄目ですか」

「勘違いなされるな。それがし、豊後関前藩とも坂崎家とも関わりなき身。口を挟む権限など小指の先ほどもござらぬ」

「となると、やっぱり遼次郎に頭を下げるべきか」

本気半分冗談半分の田丸の言葉を聞き流した磐音と遼次郎は、肩を並べて神保小路へと出た。

ぬかるんでいた小路も、どうにか半ばは乾いてきていた。

「関前から文は参るかな」

「伊代《いよ》様が気にかけられて、時折り文をくださいます」

「ほう、伊代がな」

伊代は磐音の妹である。遼次郎の兄源太郎《げんたろう》に嫁いでいるため、遼次郎は義弟にあたり、磐音と源太郎もまた義理の兄弟ということになる。

「伊代様からは、関前が何事もないときは兄上様にあれこれ伝えてお心を煩わせてはならぬと釘を刺されておりますゆえ、若先生には伊代様の文のことを申し上げておりませぬ」

「伊代がそのような気遣いをいたすようになったか。井筒家の嫁としての務めをしかと果たしておるかな」

「それはもう、しっかりとした義姉上《あねうえ》様にございます」

「それならばよいが」

と応じた磐音は、遼次郎と二人だけになる滅多にない機会だと思った。

「遼次郎どの、養父上もそれがしもこのところ他出続きで、そなたらに十分な指導ができておらぬ。心苦しいが、しばらく待ってくれぬか」

首肯した遼次郎はしばらく黙々と歩いていたが、顔を磐音に向けた。

もはや二人は駿河台への坂下に来ていた。

「若先生、それがし、なんぞお手伝いすることはございませぬか」

磐音は若い遼次郎の一途《いちず》な視線を受け止めると、

「心配をかけるな。されど、このことばかりは佐々木家に入りし者の宿命《さだめ》、遼次郎どのの助勢を受けるわけには参らぬ。そなたは豊後関前と坂崎家のために奉公してくれぬか」

はい、と答えた遼次郎の顔が無念さに歪んだ。

磐音はそれを見ぬように富士見坂を上っていった。

二

磐音と遼次郎が駿河台上の豊後関前藩の江戸屋敷の門前に立ったのは、四つ半

（午前十一時）を回った刻限だった。

遼次郎の帰邸に合わせ、不意に思い立って磐音は無沙汰を詫びる挨拶に出向いたのだ。その心中は万が一のことを思っての、別れの意を含んだものであったが、そのことをおぼろにでも察した者はいなかった。

玲圓、おえい、おこんら身内に事前に関前藩訪問を断ってのことではなかったからだ。あくまで磐音ひとりの決断であった。

遼次郎が門番に断るまでもなく、尚武館の後継が国家老坂崎正睦《まさよし》の嫡男であり、今も藩主の福坂実高と主従の交わりを保持していることを、門番は承知していた。そのためにすぐに門を通ることができた。

「遼次郎どの、それがし、藩物産所に顔を出し、中居半蔵様にご挨拶申し上げる。そなたは江戸番方に出向くがよい」

ただ今、武術習得のため尚武館に遊学中の井筒遼次郎の藩での身分は、藩主を護る御番衆江戸番方に所属していた。この近習衆《きんじゆしゆう》を国許では短く国番方、そして江戸では江戸番方、あるいは御番方と称した。

「それがしも藩物産所まで同道し、その後、御番方に出向きます」

と言って遼次郎は磐音に従った。今の磐音が家臣でないことを気遣ってのことだ。

　豊後関前藩江戸屋敷内に新たに建てられた藩物産所の建物は門内右手にあった。二人がそちらに足を向けると、関前から藩船に積載されて届く海産物を仕分けする板の間の戸が四方ともに大きく開かれ、その片隅に数人の藩士が車座になって、海産物の吟味をしていた。

　磐音はその藩士の中に中居半蔵の顔を見付けた。

　視線を感じたか、半蔵がふと表に眼差しを投げ、磐音と遼次郎を見た。

「おお、来たか」

　半蔵が磐音に向かって言葉をかけた。その様子は、まるで磐音が姿を見せることを予測していたかの節があった。

「無沙汰をしております。井筒遼次郎どのが屋敷に戻ることを知らされて、急にご挨拶を思い付きました」

「遼次郎が帰邸の許しをそなたに乞《こ》うのは分かっておる。となればそなたが遼次郎とともに姿を見せるのではないかと、なんとのう勘でな、思うておった」

「そうでございましたか」

　と応ずる磐音から、かたわらの若い藩士に目を移して中居半蔵が何事か命じ、

「佐々木磐音どの、まあ、こちらに参られよ」

と視線を磐音に戻した。頷く磐音のかたわらで遼次郎が、

「中居様、それがし、御番方御用部屋の宗村《そうむら》左兵衛《さへえ》様のもとに出向きます」

と断った。

「そなたが呼び出された要件、春船の江戸入りと関わりのあることよ。まずそちらに出向くがよい」

一年後には坂崎家に養子に入り、ゆくゆくは豊後関前の幹部見習いに就くはずの若者に言った。

「畏まりました」

遼次郎が藩物産所前から姿を消した。

磐音は藩物産所の玄関から仕分け所の板の間に上がった。半蔵に何事か命じられた家臣の姿はすでに輪から消えていた。

「中居様、御用が済むまで待たせていただきます」

「もはや御用はあらかた済んだ」

と答えた半蔵が、

「それにじゃ、ただ今は神保小路尚武館の若先生に収まっているが、もとを正せ

ばこの物産所事業、そなたの考えに端を発したもの、いわば産みの親ではないか。遠慮せずにこちらに参られよ」

と半蔵が輪へと誘《いざな》った。

そこでは七、八人の家臣が帳簿を片手に、輪の中に敷かれた油紙の上に積まれた海産物の検分を行っていた。

国家老の倅の磐音を見知った顔が四人ほどいて会釈を磐音に返し、残りの三人も磐音が何者か承知している様子だった。

「そなたらに改めて口利きするまでもあるまい。佐々木磐音どのは尚武館佐々木道場の後継じゃ」

と輪の家臣に紹介した。

「中居様、近々尚武館の離れ屋から母屋に移ります」

「なに、玲圓先生は隠居なされる決心か」

「昨夜《ゆうべ》も、そなたの歳には道場を引き継いでおった、明日にも道具を入れ替えて離れに移るといきなり言い出されて、いささか慌てた養母上やおこんに止められておいでででした」

「そうか、今や江都に並ぶものなき直心影流尚武館佐々木道場の主《あるじ》はそなたか」

中居半蔵の返答の中には複雑な感慨があった。

藩主の福坂実高がそうであるように、かつて豊後関前藩の御家騒動を磐音とともに戦ってきた中居半蔵も、磐音がいつの日にか、

「関前藩復帰」

をする一縷《いちる》の望みを胸に抱いていたのだ。

「春若布《わかめ》にございますか」

磐音は話柄を転じた。

油紙の上には若布ばかりか幾種類もの鰹節《かつおぶし》、干し鮑《あわび》など、関前領で採れる海の恵みがあった。

「春船が江戸入りする前に今年の見本を送らせた。出来は例年並みというところかのう」

「春船は二隻体制ですか」

「豊江丸《ぶこうまる》に豊後一丸《ぶんごいちまる》の二隻に変わりはないが、江戸での関前の海産物の評判も定まった。若狭屋《わかさや》と相談をなし、これまで年に三度の六隻江戸入りに正月前の二隻を加え、四度往来八隻体制に拡充することにした。明日にも、この場で最後の吟味をなした見本を持って若狭屋に出向き、挨拶して参る」

「藩物産所、ますますのご繁盛、祝着に存じます」

藩物産所組頭中居半蔵の顔には自信が溢れていた。

「そなたから、そのような言葉をかけられるとはな。中居半蔵、江戸で商人《あきんど》の真似ごとをしようとは思わなんだわ。それもこれもすべてそなたのせいじゃぞ」

と今度は恨めしげな顔を作ってみせた。

「中居様、二本差しの武士とて算盤《そろばん》が弾《はじ》けぬようでは、藩を運営していくわけには参りませぬ。御三家を筆頭に、算盤勘定の上手下手《じょうずへた》で大名諸家の勢いに差が出ているのは紛れもない事実にございます」

「分かっておる。そなたの顔を見たら愚痴の一つ、嫌みの一つも言いとうなっただけじゃ」

半蔵は、すべてを分かり合えた者同士の言葉を返した。そして、帳簿を手に控えていた藩士の一人、園部三八《そのべさんぱち》に、

「園部、あとを頼んだ」

と言い、

「佐々木先生、御用部屋に参られよ」

と藩物産所の建物の中にある御用部屋に磐音を案内した。

花が散り、青葉を茂らせる梅の木も、木の香漂う御用部屋も、藩物産所の短いながらも確かな歴史を重ねていた。

「尚武館の先生、貧乏籤《くじ》を引かされて江戸の町を駆け回っているというではないか」

と半蔵らしい表現で磐音に話しかけた。苦笑いをした磐音が、

「貧乏籤を引いたなどとは考えておりませぬ。ですが、駆け回っているのは事実」

「田沼様の噂、手厳しいものばかりじゃぞ。今や幕閣のどなたもが田沼様に睾丸《ふぐり》をぎゅっと摑まれて身動きできぬそうな」

磐音は苦笑いした。

「御城の中で田沼様に楯突《たてつ》き、家基様をお守りするのは、少数の近習衆と尚武館のみじゃそうな。こたびの戦、旗色悪しか」

「中居様ゆえ虚心坦懐《きょしんたんかい》に申し上げます」

「なんじゃ、改まって」

「養父の隠居は、もしもの場合も視野に入れてのことと思われます」

なに、と呟いた中居半蔵の顔が変わった。

「それほど形勢は悪いのか。つまりそれは、家基様の十一代様就位はないということか」

「家基様が十一代様にお就きになれば、田沼政治も一掃されましょう。なんとしてもそこまで頑張り通しとうございます。佐々木玲圓の隠居も、この戦いに専念するための布石にございます」

「いささか安堵した」

半蔵が答えたところに廊下に人の気配がして、物産所の人の輪から離れた若侍が姿を見せた。

「中居様、お客人を奥へ案内《あない》せよと命じられました」

「実高様、お会いなされるか」

半蔵は頷くと、

「佐々木先生、殿とお代《だい》の方様が奥でお待ちじゃ」

と立ち上がった。

「有難き幸せにございます」

磐音は半蔵の厚意を素直に受けることにした。

若侍と半蔵に導かれて江戸藩邸の奥へと進んだ。

磬音がかつて奉公していた屋敷だ。御用部屋にも廊下にも書院にも御庭にも思い出があり、懐かしかった。だが、懐旧の情はすでに後戻りできない世界でもあった。

磬音は、藩主夫妻が暮らす奥座敷に近付くにつれて緊張感が高まっていった。これまで体験したこともない緊張感であった。

「尚武館佐々木磬音様をお連れいたしました」

案内の若侍が実高お付きの御小姓に告げた。

「磬音が参ったか。これへ」

と御小姓の取次の前に実高の声がした。

磬音は廊下に着座すると、座敷の実高とお代の方を見て深々と低頭した。

「実高様、お代の方様のご尊顔を拝し、佐々木磬音、感慨一入《ひとしお》にございます」

「磬音、そのような挨拶はよい。許す、座敷に通れ。それでは他人行儀でいかぬ。そなたの顔も見えぬわ」

実高が磬音に座敷に入るよう命じた。

「殿もあのように仰せじゃ。座敷にお通りなされ」

中居半蔵にも勧められて磬音は旧主の前に座を移した。

「磐音、そなた、頬が殺《そ》げたのではないか。のう、お代、磐音は痩せたのではないか」

　実高が、隣に控えるお代の方に尋ねた。

「殿様、そう仰せられればいささかそのような」

「であろう」

　と答えた実高が、

「この場はよい。半蔵を残して退《ひ》くがよい」

　とお付きの御小姓衆をその場から遠ざけた。その場に残ったのは実高、お代の方、半蔵と磐音の四人であった。

「磐音、城中詰めの間であれこれと噂が耳に入る。老中田沼意次様に抗して大納言家基様をお護りしておるそうな」

「殿のお耳にも達しておりましたか」

「詰めの間では、最近の田沼様の専断政治にたれもが反対しておられる。いや、柳の間は幸いなことに、田沼様お関わりの一族と血縁がないものばかり。田沼様と姻戚になられた大名家に対して妬《ねた》ましさもあってな、低い声で論《あげつら》うだけよ。ともかく御側御用取次の速水左近どのら家基様派は、苦しい立場に追い込まれているそうな。そなた、大納言様の剣術指南も仰せつかっていたという話ではないか。田沼様の嫌がらせを受けてはおらぬか」

「お心遣い、恐れ入ります。されど、城中で田沼意次様を論う輪にお入りになるのはいかがなものかと存じます。一見田沼様と関わりのない様子のお方が繋がりを持っておられぬとも限りませぬ。一旦田沼様の耳にそのような言葉が伝わろうものならば、徹底した嫌がらせを受けることになりまする」

「そうか、そうじゃな」

と素直に磐音の言葉を聞いた実高が、

「尚武館も嫌がらせに遭《お》うておるか」

と問うた。

「殿、尚武館の佐々木玲圓様は、速水様と心を許し合うた剣友の間柄。磐音の大納言様剣術指南就位も、その線からのことにございましょう。ともあれ、田沼様にとって尚武館は目の上の瘤、嫌がらせどころか表に出ない暗闘の渦中にありて日夜戦いが繰り返されているものと、この中居半蔵、推測しております」

と磐音に代わって半蔵が答えた。

「そなたの頰が殺げたは田沼様との戦いが因《もと》か」

「ご心労をおかけ申し、恐縮至極にございます。殿、それがし、西の丸様の剣術指南を解かれましてございます」

「なんとな、田沼様の差し金か」

実高が身を乗り出した。

中居半蔵が磐音を見た。

「それがしばかりか、家基様が心を許された御典医桂川甫周どの、御近習衆が、次から次へと遠ざけられております。殿、中居様、それ以上のことはお答えできませぬ」

「磐音、そなた、佐々木家の養子に入り、さぞや安泰かと思うたが、思わぬ苦労を強いられておるな」

実高が磐音を労《いたわ》るような眼差しで見返した。

「殿、玲圓先生は磐音に尚武館を譲り、隠居をなされるそうにございます」

「半蔵、それでは磐音が田沼意次様の矢面に立つではないか」

「いえ、養父は田沼様との戦いに備えて隠居身分に辞したと思えます」

「万が一のことあらば、そなたに尚武館を託す心積もりかな。さすがは佐々木玲圓どの、戦い方を心得ておられるわ」

磐音は玲圓の思いつめた心中を伝えられないもどかしさを感じたが、これ以上の言葉は重ねなかった。

「殿、お許し願いたき儀がございます」

「そなたと実高の仲、なんなりと申せ。差し許す」

「城中にて、尚武館の佐々木磐音が豊後関前藩の家臣であったことは口にされないでくださりませ」

「なぜじゃ。もはや世間が承知であろう」

「田沼派もそのことを承知にございましょう。されど、殿が改めて、この磐音が豊後関前藩の家臣であったことを口になされれば、どのような難題を吹きかけられるやもしれませぬ。それほどに、田沼派の耳目はあちらこちらに張り巡らされ、必ずや田沼様の耳に届きます」

と本日の隠された訪問の理由に触れた。

「それほど田沼様は悪辣《あくらつ》か」

「六百石から老中にまで成り上がられたお方です。あらゆる手立てを承知で、事に及んでは非情残酷にございます。豊後関前藩が危うくなりかねませぬ」

「そうか、それほど田沼意次様は非情か」

と実高は半蔵の顔を見た。

「殿、磐音の申すこと、一理ございます。ただ今、田沼意次様に逆らえるお方は城中にはおられますまい。家治様とて、田沼意次様には無力と聞き及んでおります」

「家治様は、すべてにおいて強い権力を発揮なされた祖父吉宗様と、恐れながら暗愚痴呆の家重様、お二人を見てこられたゆえ、政《まつりごと》に関して自ら進んで発言なされるお方ではないと聞いておる」

と実高が言いながら、待て、と自らの言葉を制した。

「磐音、そなたのことは家治様とて承知じゃぞ。先の日光社参の折り、そなたの父正睦と予は、家治様に呼ばれ、礼の言葉をいただいた。そなたにあれこれと世話になっておるとな。予は家治様より蜂屋《はちや》兼貞《かねさだ》の短刀を、正睦は時服《じふく》を賜《たまわ》り、面目を施したことがあったわ。あの折り、じかに言葉を掛けられたが、家治様は明敏な公方様であったぞ」

「殿、それだけに田沼様は、殿と豊後関前の言動をきびしく監視しておられましょう。なんぞ田沼様から問われたならば、坂崎磐音と申す家臣がいたことはたしか、されど坂崎磐音には不審の廉《かど》ありて何年も前に藩を追放したと、関わりを徹頭徹尾拒んでくださりませ。それが、豊後関前がこの体制下、生き残る方策にございます」

「そなたを悪者にしても藩を守れと申すか」

「関前藩六万石の藩主たる福坂実高様がとられるべき道と存じます」

「そのようなことができようか」

「いえ、そのことを願い奉るために、本日佐々木磐音、関前藩江戸屋敷をお訪ねいたしました」

「磐音、そなた、別れに参ったか」

中居半蔵が険しい表情で呆然と磐音を見た。

「それがし、縁あって佐々木家に入った以上、佐々木家の運命《さだめ》に従い、養父上と行動を共にいたします。万が一、田沼様の勘気に触れ、そしてそのことが関前藩に及ばんとした場合、徹頭徹尾、佐々木磐音なる人物との関わりはない。その昔、坂崎磐音と名乗りし時代しか知らぬ存ぜぬと強く強く主張してくださりませ。磐音、伏してお願い申し上げます」

磐音は改めて願うとその場に平伏した。

座に沈黙しかない。

重苦しい空気を破って、お代の方の声が響いた。

「佐々木磬音どのが心情、福坂家と豊後関前藩は有難くお受けいたしましょうぞ。のう、中居半蔵」

「はっ」

と畏まった半蔵が、

「磬音は武家の筋を通せとわれらに忠言したのです。お方様の仰せのとおり、お受けいたしましょう」

と言うと、

「磬音、予は密かに持っておった手中の珠をついに手放すか」

と実高は嘆きの言葉を口にした。

三

江戸は二月中旬に差しかかろうというのに、寒い日が続いていた。あちらこちらの裏長屋では、

「どうだい今年の寒さはよ、おれの懐と一緒で底抜けの寒さが続くぜ。なんぞ天

変地異の前触れじゃねえか」

「おめえの懐具合で辻占されても敵わねえや。もっとも、衣替えの季節だっていうのに綿入れにしがみついてるのはおれも一緒だ」

「何十年ものの綿入れよりさ、吉原の花魁《おいらん》の白い肌にかじりついてよ、温めてもらえるんなら、この寒さも厭《いと》わないがね」

「夢のまた夢」

「違いねえ」

とこんな会話が繰り返されていた。

丸目歌女と約束した、磬音の川越行きの日が数日後に迫ってきた。

歌女は爺《じい》様の丸目喜左衛門高継の仇討《あだう》ちの日時と場所を、

「更衣二十一日夜半九つ(十二時)、仙波喜多院墓前」

と指定していた。

その後もたびたび磬音の前に姿を見せては、神経を逆撫でする行動を繰り返していた。江戸から離れた川越の地に磬音を誘《おび》き寄せるには、なんぞ理由がなくてはならぬと考えていた。

流浪の旅路を長年に亘って続け、盲目の剣客丸目高継の杖代わりをしてきた歌女だ。武芸者として生き残るためにはあらゆる手立てを使う要があることを、肌身で承知していた。まして頼りにしてきた丸目高継は今やこの世になく、女武芸者一人の力で爺様の仇を討とうという話だ。

どのような策も考えられた。

磐音が一番恐れるのは、磐音の江戸不在の間に田沼意次一派が仕掛けることだった。

（どうしたものか）

と考えあぐねる日が繰り返され、決断の日が迫っていた。

そのような日、朝稽古の最中に一人の見学者が訪れた。

取り次いだ田丸輝信が、初心組の指導をする磐音のもとに慌てた顔で知らせに来た。

「若先生、老中田沼家剣術指南番村瀬《むらせ》圭次郎《けいじろう》様と名乗られるお方が玄関先に参られ、尚武館の朝稽古見物をと願うておられます」

「お一人か」

「老中剣術指南番が、供も従えず一人とはおかしゅうございます。真っ赤な嘘にございましょうか。若先生、お断りいたしましょうか」

「田丸どの、見所にお通ししてくだされ」

と磐音は命じた。

その朝、見所は珍しく無人であったために、それが真《まこと》の老中田沼家剣術指南番であれその身分を騙《かた》る偽者であれ、尚武館側に断る理由もなかった。

磐音はその旨を玲圓に知らせた。

「田沼様の尚武館へのちょっかいが、段々とあからさまになってくるのう」

玲圓は苦笑いすると、

「なにを考えてのことか、先様のお手並みを拝見いたそうか」

と言い放ったものだ。

そこへ田丸輝信が黒羽織の武家を案内してきた。

年齢は四十一、二か。武芸者として脂が乗り始めた時期、顔にも鍛え上げられた五体にも、自信が充ち溢れていた。

「佐々木玲圓どの、朝稽古見学のお許し、村瀬圭次郎痛み入る」

村瀬は落ち着いた態度で玲圓に挨拶した。

「武芸者同士にござれば斟酌無用に願います」

玲圓も平静な声音で応じた。

会釈を返した村瀬が腰の大刀を抜くと見所に上がりかけた。

「村瀬どの、なんぞご注文がござるか」

と玲圓がその背に尋ねた。

振り返った村瀬が、

「殿からは、尚武館は近々田沼家預かりになるゆえとくと見聞に行って参れと命じられたのみ。今朝は見学させてもらうだけでようござる」

と平然と答えたものだ。

その不敵な言葉を聞いたのは、玲圓と磐音と案内者の田丸の三人だけだった。

田丸が驚愕《きょうがく》して師匠父子を見た。

「村瀬どの、それがし、先祖伝来の佐々木道場を他者に預ける存念は一切ござらぬ。また当家には磐音と申す後継もござってな」

玲圓がかたわらの磐音をちらりと見た。

「おおっ、そなたが佐々木磐音どのか。ご高名は耳にしており申す」

と応じた村瀬に磐音が、

「たしか、田沼様の剣術指南役は伊坂秀誠様と聞き及んでおりますが」

と言った。

伊坂は磐音を斃すために武芸の盛んな西国一円を歩き、武術の達人橘右馬介ら五人を選抜し、次々と磐音に刺客を送り込んだ人物だった。

だが、刺客松村安神とともに夜明け前、吉原の大門を出てきたところを磐音に待ち伏せされ、二人とも斃されていた。

「それがしの前任の者よのう。その者、臆病風《おくびょうかぜ》に吹かれたか、田沼家を逐電したそうな」

松村安神と伊坂の亡骸の始末をしたのは吉原会所だった。四郎兵衛の判断で、二人の亡骸は神田橋内の老中屋敷の門前に捨てられた。

いわば尚武館が、田沼に向かって正面切って宣戦布告をしたようなかたちになった。以来、両派の戦いは激化していた。

むろん村瀬も、先任の伊坂秀誠がどのような仕儀に至ったか承知で尚武館に挑発に来たものと思われた。

「村瀬様は伊坂様の後任にございましたか」

「伊坂某《なにがし》は国許の剣術指南であったが、それがしは国許、江戸屋敷と、田沼家全般の剣術指南を命じられておる」

「大役ご苦労に存じます」

と労《ねぎら》いの言葉を返した磐音が、

「ことのついで、村瀬様のご流儀はいかに」

「柳生連也斎厳包《やぎゅうれんやさいとしかね》様の尾張柳生新陰流《おわりやぎゅうしんかげ》を幼少より学んで参った」

と応じた村瀬が見所に上がり、その真ん中に悠然と座した。

尚武館の稽古は、だれが見物しようともその内容を変更することはない。いつもどおりの稽古を淡々と続けるのが日課だった。

磐音は遼次郎が仲間との打ち込み稽古を終えた姿を見て、呼んだ。

近頃、毎朝遼次郎を厳しく指導していた。それは、一日も早く坂崎家の後継として恥ずかしくない剣技を習得させたかったからだ。また田沼派との戦いがあからさまになった今、一日でも早く遼次郎を一人前に育て、豊後関前藩江戸屋敷に戻したかった。

坂崎家の嫡男でありながら家を出ざるをえなかった磐音の、せめてもの償いであったのだ。

磐音は遼次郎の大らかな剣風が好きで、大らかさを伸ばすようにして指導を続けていた。姑息《こそく》な技に走れば、姑息な人物が出来上がる。

「剣は人なり、人は剣なり」

との思いを遼次郎に伝えようと、厳しい中にも、ゆくゆくは豊後関前藩六万石を主導していく若者に王者の剣の風格を身につけてもらおうと、指導してきた。

四半刻（三十分）の稽古を終えたとき、遼次郎の息は弾んでいた。

尚武館に入門したての頃、四半刻の稽古どころか、すぐに息が上がり、手足の動きがばらばらになった。

磐音は剣術の基本ができていない遼次郎を、年少の者も混じった初心組に入れ、直心影流の基本から教え込んだ。

「急がば廻れ」

の格言どおり、基本を五体に叩き込まれた遼次郎は、その後、剣とはなにかを五体五感で徐々に学びとっていこうとしていた。

「遼次郎どの、近々そなたにそれがしの代役を願おうと思う。このこと、引き受けてくれぬか」

「どのような御用にございますか」

「その折り、説明いたす」

「承知しました」

二人の会話は稽古の最中の道場で行われたため、他者に聞こえる気遣いはなかった。

磐音が見所下に戻ると村瀬の舌打ちが聞こえた。磐音が戻ってきたことを承知の舌打ちであり、磐音に向かって言い放った。

「江都一の道場と聞いておったで尚武館の稽古を楽しみにしてきたが、手緩《てぬる》いのう」

「尾張柳生新陰流の稽古は一段と厳しゅうございますか」

磐音は春風駘蕩《しゅんぷうたいとう》たる言動で問い返した。

「尾張柳生に比べれば、尚武館のそれは赤子の湯浴みじゃ」

「村瀬様、面白いお方にございますな。いつの日か、尾張柳生新陰流直伝の猛稽古、ご伝授くだされ」

「佐々木磐音とやら、田沼家と尚武館の間柄はそのような悠長なものではあるまい。違うか」

「いえ、老中田沼様とわが尚武館、なんのわだかまりも、また張り合う理由もございませぬ。第一、田沼様は天下の老中、尚武館は江戸の町道場の一つ、話にもなりますまい」

「その口で人を騙《だま》すそうな。心にもないことを申すでない。尚武館の父子がわが殿に逆ろうておるのは明白なる事実」

笑みを返した磐音は平静な口調で、

「村瀬様、たしかに尚武館は老中田沼様の目からご覧になれば、虫けら同然にございましょう。ですが、養父も申しましたように、当道場は佐々木家が何代にも亘って守ってきた城にございます。どなた様であれ、そう易々と尚武館を引き渡すわけには参りませぬ」

と宣告した。

「その言やよし。そのときになって泣き面をかくでないぞ」

大刀を摑み、見所からゆっくりと立ち上がった村瀬が、

「尚武館の朝稽古、十分に見学した。田沼様お預かりの砌《みぎり》には、かような生温《なまぬる》い稽古はさせぬ」

「それは楽しみにございますな」

村瀬圭次郎は見所を下りると、稽古中の門弟らを避《よ》け、道場の端を回って玄関へと姿を消した。これまで田沼が派遣してきた家臣や刺客に比べて、村瀬は数段厄介な相手と思えた。

「田沼様の嫌がらせも子供じみてきおったな」

と玲圓が声をかけてきた。

「いかにもさよう心得ます。打つ手が見つからぬのでございましょうか」

磐音が普段とは似つかわしくない辛辣《しんらつ》な言葉を声高に吐いた。そして、

「養父上、丸目歌女との約定の日が迫って参りました。それがし、尚武館を数日抜けてようございますか」

と許しを乞う磐音の声を門弟の多くが聞いた。

「川越城下であったな。往来に五日ほどか、差し障りもあるまい」

と応じた玲圓が、

「磐音、そなたが丸目歌女に一対一の勝負で負けるはずもないが、慢心は禁物じゃぞ」

「勝負は時の運、養父上のお言葉肝に銘じて戦いに臨みます」

磐音の決然とした声が尚武館見所近くに響いた。

朝稽古が終わった刻限、一旦道場から下がっていた小田平助が再び道場に姿を見せた。

磐音はそのとき、包平《かねひら》を使って直心影流の法定《ほうじょう》四本之形を繰り返していた。

「若先生、邪魔じゃろか」

「稽古には終わりがあってなきが如きもの。いつでも手は休めます」

「なんやらくさ、尚武館が慌ただしかな」

「平助どのにも心労をかけ申す」

「わしゃ、どげんもなかたい。ばってんおえい様、おこん様方女衆は心配たいね」

「平助どの、よい機会じゃ。頼みがござる」

「なんやろな。なんでん、平助、こうせえ、と命じてくれんね」

「義父とそれがしに万が一のことあらば、養母上とおこんの相談役として話し相手になってもらえませぬか」

「若先生、それほど切迫しとるとな」

「どうやら」

「そんで若先生が、あん女剣客と白黒つけるために仙波喜多院とやらに行かすとな」

「いかにもさよう」

磐音の返事を平助がにやりと笑って訊いた。

「若先生、杉谷《すぎや》吉雄《よしお》ちゅう門弟ば承知な」

いきなり平助が話柄を転じた。

「たしか一年も前に入門した、丹波《たんば》綾部《あやべ》藩九鬼《くき》様のご家来ではなかったか」

「そんとおりたい。あん人な、最前、大先生と若先生の話に聞き耳ば立てとったが、いつもはだらだらと稽古をしとるくせに、今日に限って早引けばしなさったもん。そんでくさ、わしがあとを尾けとるのも知らんで、小川町の辻に待ち受けよった仲間にくさ、若先生の川越行きばとくとくと報告しよったもん。あれで密偵が務まるとやろか」

「驚きました」

「杉谷吉雄のことな」

「いえ、小田平助どのの機転にです」

「あっちこっち長放浪ばしちょるとたい、あれこれとつまらんことを覚えるもんたい」

「杉谷どのは九鬼家の家臣ではのうて、田沼様のご家来であろうか」

「いいや、九鬼様の家来は確かたい。ばってん意次様の七男隆祺《たかよし》様はたい、九鬼隆貞《たかさだ》様の養子になるちゅう噂たい」

「平助どの、恐るべし」

「褒《ほ》められるほどのことはなか」

と平助が照れた。

「ともかくたい、杉谷程度の密偵があと二、三人尚武館に出入りしちょることは確かばい。ばってん、若先生はそげんこつに気ば遣わんでよか。こげんことは平助に任しちょきない」

弥助と霧子が西の丸に密着している今、お膝元《ひざもと》の尚武館の守りが粗雑になっていることは確かだった。

「平助どの、このとおりにござる」

と頭を下げようとする磐音に平助が、

「やめてくれんね。わしの立場がなかもん」

と慌てた。

「それよかたい、わしゃ、これから鵜飼百助様のところにくさ、顔出しばしちょこうと考えとるが、若先生、なんかなかね」

「そろそろ平助どのの刀が研ぎ上がる頃かもしれません。鵜飼様になんぞ手土産《てみやげ》を持っていってもらいましょうか。平助どの、離れまでご一緒願えませぬか」

平助を伴って磐音は離れ屋に戻った。

「おこん、平助どのが鵜飼百助様のところに行かれるそうな。なんぞ手土産はないか」

「今津屋様から頂戴した酒切手《さけきって》がございます。切手なれば道中重くもございません」

とおこんが持ち出してきた酒切手を見た平助が、

「おこん様、こりゃ、気持ちが伝わらんばい。こっちから酒樽《さかだる》提げていったほうがくさ、気持ちが伝わろうもん」

「小田様のおっしゃるとおりですが、切手をお持ちになって両国橋を渡った辺りで酒屋をお訪ねになり、角樽《つのだる》と交換なされませ。それならば鵜飼様に酒を直々にお渡しできますよ」

「なんちな、こん切手で角樽と交換できるとな。そりゃ便利ばい」

と平助も得心した。

「よいな、平助どの。鵜飼様は申されまいが、研ぎ料など案じなさるのではありませんぞ」

とくれぐれも平助に言い聞かせて、磐音とおこんは離れ屋から送り出した。

「尚武館にとって得難いお人が客分になられたものですね」

「いかにもさよう」

とおこんに答えた磐音は、

「おこん、それがし、近々川越に御用にて行って参る。養父上にはすでに許しを得てある」

「船旅になさいますか、それとも徒歩で行かれますか」

「行きは川越舟運で楽旅を考えておる」

「なら、日本橋箱崎河岸の船問屋川越屋《かわごえや》茂兵衛《もへえ》様に使いを出して、予約を入れておきます。いつ出立なさいますか」

「次の便にいたそうか」

おこんは尚武館が大変なときに川越行きを決めた磐音の行動に訝しさを感じながらも、田沼意次との暗闘に関わる旅であろうと考え、深くは追及しなかった。

四

この朝、尚武館に水垢離《みずごり》の音が響いた。

稽古はいつもどおりに行われていたが、道場に磐音の姿はなく、隠居宣言をした玲圓が当代の代わりを務めていた。

明け六つ(午前六時)前、旅仕度の磐音はおこんに見送られて尚武館の門を出た。

寒さは相変わらず江戸の町に居座っていた。

「船旅ならばお楽でしょうが、川風は一層冷とうございます。私が拵えた頭巾《ずきん》を被っていかれませ」

おこんが手造りの縞《しま》模様の頭巾を磐音に渡した。

「おお、これは有難い」

塗笠の紐を結ぶ前に頭巾を被った磐音が、

「これは重宝な風避けになるぞ」

とおこんに礼を述べた。そこへ、稽古を中断した田丸輝信や遼次郎ら住み込み門弟、小田平助が道場から駆け付けてきた。

「相すまぬな、稽古を中断させてしもうた。数日江戸を留守にいたすゆえ、大先生、依田どの、平助どの方の申されることをよく聞いて稽古に励まれよ」

と命じ、遼次郎には、

「藩命で二、三日駿河台の屋敷に帰るそうじゃが、屋敷でも稽古を怠らぬようにな」

と注意した。遼次郎が、

「はっ」

と承《うけたまわ》った。

磐音は顔に不安の色を滲《にじ》ませたおこんに、

「留守の間、養父養母の面倒を願う」

「ご無事の帰邸お待ちしております」

と悲壮な表情で答えるおこんに磐音は、

「必ずや」

と短く答えると神保小路を踏み出し、日本橋箱崎河岸の川越舟運の船問屋川越屋に向かった。

神保小路と表猿楽町の三叉《みつまた》で足を止めた磐音は、速水左近の屋敷に向かって一礼し、江戸を留守にすることを詫びた。さらに駿河台下では笠と頭巾をとり、旧主福坂実高に向かって、長い間なにか話しかけでもするように頭《こうべ》を垂れていた。

丸目歌女との戦いを控えて、別れを告げでもするような一途な気持ちが、五体から漂ってくるようであった。

再び歩き出した磐音は頭巾と塗笠を小脇《こわき》に、錦小路《にしきこうじ》へと曲がった。すると磐音の前後を囲むように見張りがついた。

尚武館を夜どおし見張っていた者たちの気配だ。

磐音は素知らぬ体《てい》で御堀に向かって歩を進めた。

二番明地に出た磐音は神田橋御門に向かい、堀端を鎌倉《かまくら》河岸へと下った。

夜が明けてきた。

職人衆が道具箱を肩に急ぎ足で普請場《ふしんば》に向かう姿が見かけられ、河岸の船着場では百姓舟が春野菜を積んで一艘《そう》二艘と集まってきていた。

鎌倉河岸で朝市が開かれ、そこに収穫物を並べて売る女衆だ。

磐音は鎌倉河岸を抜けて竜閑《りゅうかん》橋を渡り、金座を横目にしながら、さらに堀端を一石《いっこく》橋の手前で魚河岸へと曲がった。

日本橋川の左岸を、北鞘町《きたざやちょう》河岸、品川町裏河岸と過ぎて日本橋の北詰を横切り、芝河岸、中河岸、地引《じびき》河岸、俗に、

「魚河岸」

と呼ばれる界隈を通り過ぎた。

魚河岸では春を告げる魚の競りが佳境を迎え、仲買人の威勢のよい声が響いて

いた。

入堀に架かる荒布橋《あらめ》を渡り、小網町一丁目から思案橋、鎧《よろい》ノ渡し場を見ながら小網町二丁目、三丁目を過ぎて、崩橋を渡ると、川越舟運の江戸の起点、箱崎河岸に川越屋茂兵衛の店が見えてきた。

船着場ではすでに仕度を終えた川越夜船が出船を待っていた。

「ご免」

小脇に頭巾と塗笠を抱えた磐音が川越屋の店先に立つと、

「尚武館の若先生佐々木磐音様にございますな」

と番頭が揉み手で迎えた。

「いかにも佐々木磐音にござる。こたびは世話になる」

「今津屋様におられたおこん様の格別な願いにございますよ。船頭方にもくれぐれも世話を申し付けてございますで、ごゆっくり寛いで川越城下までの船旅をお楽しみくださいまし」

「造作をかけ申す」

川越夜船は、箱崎河岸から乗る客は馴染みに限られ、大勢の乗合客は浅草花川《はなかわ》戸《ど》河岸から乗船する。

箱崎河岸からは、磐音の他に、川越へ掛け取りを兼ねて商売に向かう呉服屋の番頭と手代が乗るだけのようだ。

磐音は一旦川越屋に入り、茶の接待を受けた。

船は満潮を待って浅草花川戸河岸に出船するのだ。

「お客人方、船の仕度が整いましたぞ！」

川越屋の番頭の声に磐音は再び草鞋を履いた。

船着場に出ると陽射しが川面に煌《きら》めき、南からの海風という、絶好の船旅日和だった。

「おや、尚武館の若先生」

と挨拶したのは相客の、平松町の呉服屋越前屋の番頭だ。

「おこん様には贔屓にしていただいております」

「それは今津屋におったときの話であろう。尚武館の嫁になった今、越前屋どのの敷居を繁《しげ》く跨ぐこともそうそう叶うまい」

「いえ、過日もおえい様とお見えになり、お仕着せをご注文くださいました。呉服屋の奉公人を長年やっておりますが、おこん様ほどの着上手はいませんよ」

番頭の舌は朝から滑らかだ。

そんな会話を続けているうちに、
「はあっ、九十九曲がり仇ではこせぬ
アイヨノヨ
通い舟路の三十里
アイヨノヨト来テ朝上ガリカイ」
と船頭と水夫《かこ》が掛け合う、渋い声の船歌が響き、櫓に押されて高瀬船が大川へと進み始めた。
顔を晒《さら》した磐音は船上に立ち、江戸の町を惜しむように見た。そして、川越行きの船が豊海橋を潜って大川に出て、上流の浅草花川戸を目指したときには、見張りの目が消えたことを感じ取っていた。
新大橋、両国橋、吾妻橋を潜った高瀬船は、半刻（一時間）後に浅草花川戸の船着場に到着した。ここでは大勢の乗合客が待っていて、ぞろぞろと乗り込んできた。
その中には川越藩の家臣か、御用で城下に戻る重臣の姿もあり、主を見送りにきた家来も船に乗り込んで場所を整えたりと忙しい時が流れ、
「船が出るぞ！　見送りの衆は船を下りてくだせえよ」

と船頭の命が告げられ、慌てて数人の侍たちが下船していった。

そのような刻限、おこんと早苗の姿が神田明神の境内《けいだい》にあり、磐音の無事の江戸帰着を祈願してお百度参りをしていた。

このお百度参りは次の朝も、そして、その次の朝も行われ、磐音の川越行きの深刻な御用を予測させた。

磐音が川越へ出立した日の昼下がり、三味芳六代目の鶴吉が尚武館を訪れ、磐音に面会を求めた。

応対した門番の季助が、

「鶴吉さんや、若先生は川越に行かれたぞ」

「川越だって」

田沼派との切迫した暗闘を承知の鶴吉が首を捻《ひね》り、考え込んだ。

「鶴吉さん、おこん様ならおられるがな」

「大先生はおられるかい」

「最前、刀を持って道場に入られた姿を見たがのう」

「稽古の邪魔をして悪いが、道場に通らせてもらっていいかえ」

「鶴吉さんならばよかろう」

季助の許しを得て鶴吉は昼下がりの道場に通った。すると佐々木玲圓その人が、真剣を構えて型稽古をしていた。

鶴吉は道場の出入口のかたわらに座して玲圓の稽古を見詰めた。

三味線職人の鶴吉は剣術に精しいわけではない。だが、三味線造りの名人と評判の鶴吉の目には、玲圓の動きの一つひとつが無駄なく、間と律動をもっての所作に、

「色気」

を感じた。それは遊芸の色気とは違い、

「覚悟を予感させる艶」

と表現してよいか、一芸に秀でた鶴吉の観察眼だった。

刃鳴りの音が広い道場に静かに響き、余韻を感じさせる斬り下げで動きが止まった。

「鶴吉、磬音に用であったか」

「若先生は川越に行かれたそうで」

「やむを得ぬ約定を果たすために出かけておる。鶴吉、なんぞ急用か」

鶴吉が磐音に会いに来た要件を聞いた玲圓は、

「事が迫っていること」

を確信した。

鶴吉はこの日、神田橋のお部屋様を訪ねて、持参した一棹の三味線を見せたという。おすながどのような三味線を求めているのか、今少し確かめたいという理由をつけての訪問だった。

鶴吉にとって田沼意次の愛妾との面会は二度目、初めての折りに鶴吉が携えた三味線を手にするや、おすなは目の色を輝かせてすぐにそれを手にした。だが、腕のほうはとても鶴吉の三味線を使いこなすほどのものでもなかった。

「お部屋様、この三味線より幾分かたい調子のものがようございましょう」

陶然とした目で見つめるおすなから三味線を取り上げ、音締めをしながらおすなの表情を確かめ、爪弾《つまび》きながら、おすなが気に入りそうな俗謡を渋い声で歌ってみせた。

「おお、そなた、三味線造りばかりでのうて、三味線も弾けば歌も歌いやるか」

とさらに満面の笑みで鶴吉の声と爪弾きに聞き入った。

初めての面会で鶴吉はすっかりおすなの信頼を得て、この日、二度目の訪問をすると、鶴吉に三味線を注文に来たご老女が応対し、

「本日はいささか慌ただしいが、お部屋様のご機嫌を伺うてみる。この座敷で待ちゃれ」

と内玄関脇の供待ち部屋に入れられた。表玄関と異なり、家臣などが出入りする玄関だ。

一刻（二時間）ほど鶴吉が待つ間に、老中田沼家の内玄関を多くの家臣や御医師などが入り、また出ていった。その中の何組かは内玄関式台で、

「急にお鷹狩りが決まったものよのう」

「こたびはなんとしても獲物を仕留めぬと、奥へ言い訳が利かぬぞ」

「よし、万全の手配をいたす」

と囁き声で洩らす者がいた。その者たちは鶴吉が供待ち部屋にいるなどと考えてもいなかったのだ。

一刻を大きく過ぎたところで鶴吉はお部屋様の座敷に通された。

「おお、鶴吉、来やったか。わらわの三味ができたか」

「いいえ、お部屋様、そう容易に三味線を拵えることはできません。本日はこの三

味線をお部屋様にお使いいただき、調子をみていただきたくてお伺いいたしましたが、なんだかお屋敷が慌ただしいようです。またの機会にいたしましょうか」

「なにを言いやる。もはや事は成った。殿が積年の憂いも明後日には晴れよう」

「それはおめでたいことにございますな」

と鶴吉は持参の三味線でおすなが好きそうな俗謡を数曲弾いてみせ、喉を聞かせた。

「おうおう、そなたの芸は天下一、わらわがお抱えの三味線造りに任じようぞ」

と満足げだ。

「お部屋様、ちょいとこの三味を使ってごらんくださいまし」

鶴吉が調子を見た三味線を渡すと、

「わらわはそなたのように弾きこなせぬでな」

「いえいえ、お部屋様はお手がようございますよ。今少し弾きこなせば、なかなかの名手の弾き手、歌い手におなりになりります」

「そうか、そのようなことがあろうか」

と三味線を抱いてぽろんぽろんと爪弾き、

「なかなかそなたのようには参らぬ」

とそれでも満足げだった。

「おすなが、もはや事は成った、殿が積年の憂いも明後日には晴れよう、と申したか」

「へえ、そのようなことを」

と鶴吉が答えたとき、尚武館門前が騒がしくなった。

玲圓と鶴吉が玄関に繋がる出口に視線をやった。するとどかどかと不逞《ふてい》の浪人剣客が六、七人道場に入り込んで来て、小田平助や住み込み門弟らが押っ取り刀でそのあとを追ってきた。

「何用か」

玲圓が胡散臭《うさんくさ》い剣客らに問うた。手に手に木刀や短槍《たんそう》を携えていた。

「佐々木磐音と申す者はどこにおる」

と一味の頭分《かしら》が問い返した。

「門番は答えなかったか」

「どこぞに出向いておるとぬかしおった」

「今朝方の船で武州《ぶしゅう》川越城下に参った。ただ今は赤羽《あかばね》河岸辺りかのう」

「虚言を弄するな」

「そなたらに嘘を申してなにになる。ところでお手前方の用はなんじゃな」

「佐々木磐音とやらがおれば、立ち合いをするつもりで参った」

「手間をとらせ、気の毒であったな」

玲圓の言葉に肩を怒らせた頭分が、

「どうしてくれよう」

と吐き捨てた。

「そなたら、江戸は初めてか」

「それがどうした」

「たれぞにわずかな金子で頼まれたようじゃが、命を粗末にするでないぞ」

「なにっ」

と頭分が気色《けしき》ばんだ。

「そのほうは何者か」

と問い返す頭分に小田平助が、

「あんたら、それも知らんで尚武館を訪ねたとね」

と呆れ声で問い返した。頭分が平助を見て、

「たかが町道場の主であろうが。名を知ろうと知るまいと大したことではあるまい」

と応じた。

「大先生、諸国を廻国しておる輩《やから》にくさ、こげん剣術馬鹿が時におるたい。目が見えんごとなってくさ、身の程も弁《わきま》えんもん。どげんしようもなか、能なしたいね」

「ほう、この者ども、剣術馬鹿の能なしか」

「徒党ば組んでくさ、田舎道場に押しかけ草鞋銭ば稼ぐうちに、己の力を過信してくさ、こげんひょうろく玉ができ上がったですもん」

玲圓が平助の辛辣な言葉に破顔した。

「おのれ、許さぬ！」

「許さんち言いなはるな。大先生の力を借りるまでもなかろ」

と言い放った平助が、

「輝信さん方、この人らと、わしが伝授した槍折れで立ち合うてみらんね」

と田丸らを唆《そそのか》した。

「えっ、われらでよろしいので」

田丸が小田平助から玲圓に視線を移した。

「槍折れの師は平助である。そなたらも師の命には逆らえまい」

にやりと笑う玲圓に田丸らが張り切った。

「というわけだ。そなた方は七人、われらも七人で立ち合う」

「おのれ、小馬鹿にしおったな。弟子でわれらの力を試さんとするか」

田丸輝信らは、小田平助から富田天信正流槍折れの術を習うために、稽古用の槍折れの六尺棒をそれぞれが手造りしていた。

それを手にした田丸ら七人が道場の中央に戻ると、磐音を名指して尚武館を訪ねてきた七人も、木刀や短槍など得意の得物《えもの》を手にして仕度を整えていた。

「一々くさ、一人ずつの試合では面倒たいね、一気に七人対七人で試合をしようらんね。最後の一人まで残ったほうが勝ちたい」

「われらが勝ちを得た場合、どうなる」

「草鞋銭が欲しかかね。そんときはたい、こん小田平助が相手してくさ、後《おく》れをとったらたい、なんぞ大先生に考えちもらおかね」

と平助が言った。

「平助が後れをとった場合、どうじゃ、尚武館の看板料として百両を進呈しよう」

「その言に間違いないな」

「念には及ばぬ。ところでそなたら、姓名と流儀くらい名乗らぬか」

玲圓の言葉に、

「戸田《と》無《だ》想《む》流《そう》七龍《ななたつや》冶右衛《え》門《もん》」

「宝蔵院《ほうぞういん》流槍術井上源斉《いのうえげんさい》」

などと七人が名乗り、田丸らも姓名を告げて、東西に七人が横列に並び、小田平助が審判の体で、

「叩かれようと殴られようとくさ、立っとるうちはたい、数のうちたい。両軍精一杯気張らんね」

と勝負の始まりを告げた。

槍折れ組は六尺棒を片手に広い道場に散開し、頭上で棒をぶんぶんと回転させ始めた。

毎朝、小田平助の指導で棒を片手で振り回しながら、ひょいひょいと腰を振って飛び回る稽古を続けてきた田丸や神原辰之助の槍折れは、なかなかの迫力だった。

「おのれ、奇妙な術を使いおって。一人に一人があたれ。回る棒の内懐《うちふところ》に入ればなにごとかあらん」

と頭分の七龍が田丸輝信の前で木刀を構えた。

だが、田丸は六尺棒を振り回しながら、あちらこちらに飛び回って狙いを定まらせなかった。そればかりか、田丸は七龍が攻めあぐねているのを見て、
ひょい
と不意に間合いを詰め、六尺棒の先端を七龍の鬢《びん》にぐいっと伸ばした。

剣術の踏み込みをはるかに超えて一気に間合いを詰められた七龍は、

「おっと」

と後ろに飛び下がって攻撃を避けた。

だが、田丸の攻めはこれからが本式だった。相手が腰高に飛び下がるのを見た田丸はさらに追い詰め、回転を続ける六尺棒が正眼の木刀に絡むと同時に、先端が脇腹を強打した。

七龍冶右衛門の体が横手に吹っ飛び、床に転がった。

「なんだ、これは」

田丸が、槍折れの稽古の成果に驚いた様子で辺りを見回した。するとすでに槍

折れ組は田丸を含めて四人が相手を倒しており、残る三人も攻勢をかけて相手を追い詰めていた。

気持ちに余裕の出た田丸輝信が、

「神原辰之助、一木《いちき》三郎助《さぶろうすけ》、遺村《いむら》六造《ろくぞう》、いつまで遊んでおる。そろそろと仕留めぬか」

と激励した。

その声に三人が張り切り、さらに六尺棒の回転速度が上がった。棒がびゅんびゅんと鋭い音を立てて、相手をしていた三人の腰が引けた。さらに辰之助が攻め込んだ。すると相手の一人が、

「あああっ！」

と叫ぶと後ろを向いて一目散に出口に向かって逃げ出した。それを見た二人もあとに続き、辰之助らが槍折れの稽古棒の回転を止めた。

「辰之助、獲物を逃がしてなんとする。普段から真剣に小田平助様のご指導を聞いておらぬゆえ、かような醜態を晒すのじゃ」

と若い辰之助を叱り飛ばした。

「ほうほう、輝信が言いおるわ言いおるわ」

と玲圓の高笑いが道場に響き渡り、

「平助どの、久しぶりに愉快な思いをさせてもろうたぞ」

と声をかけた。

「まあ、こん類《たぐい》はこの程度の力たいね。田丸さん方も己の力を過信しちゃいかんばい」

と窘めた。

このところ重苦しい雰囲気に包まれていた尚武館に軽やかな春風が吹いたようで、勝負を見ていた鶴吉の心にも灯りが灯った。

第五章　死と生

一

安永八年二月二十一日、家基は品川外れの新井宿付近でお鷹狩りを行った。二の江村の放鷹《ほうよう》の最中の暗殺未遂騒ぎからわずかひと月後、目黒に続いて三度目のお鷹狩りであった。

江戸幕府開闢《かいびゃく》以前、この界隈は単に、

「新井」

と呼ばれ、東に不入斗《いりやまず》村、北に大井村から馬込《まごめ》村があり、北部には山王《さんのう》台地が、その南の低地には湿地が広がっていた。ために放鷹には絶好の地で、多くの獲物が生息していた。

この新井宿には徳川家康の関東入部に従った木原義久《きはらよしひさ》が四百五十石余を安堵され、後年さらに新井宿の残地四十六石、馬込村の二百五十三石の計三百石が加増されて旗本木原所領となる。

木原氏はこの地の木原山に陣屋を置き、徳川歴代将軍のお鷹狩りの際の休息場として使われていた。

大納言徳川家基ら一行はこの日も狩り装束《しょうぞく》に身を包み、家基と御近習衆とは騎乗で新井宿に到着し、早速御鷹匠組頭の野口三郎助らを従えて、愛鷹 隼《はやぶさ》号らを放った。

この朝も、二月下旬に差しかかったとも思えないほど寒かった。

だが、時に騎乗で、時に徒歩で放鷹を繰り返す家基は元気横溢《おういつ》にして溌剌《はつらつ》たる動きを見せていた。

それに比べて依田鐘四郎、三枝隆之輔、五木忠次郎ら御近習衆にはぴりぴりとした緊張感が漂っていた。

田沼意次派の決意が伝えられていたからだ。

事実、この家基一行を妖気とも殺気ともつかぬ危険な包囲網が何重にも取り囲み、お鷹狩りの一行とともにその輪も移動していった。

一行が池上本門寺《いけがみほんもんじ》の東の低湿地に狩り場を移したとき、鈍色《にびいろ》の空から白いものがちらちらと舞い始めた。

随行する西の丸用人田之神空右衛門《たのかみくうえもん》が、

「家基様、天気が崩れて参りました。本日のお鷹狩り、これまでといたしませぬか」

と忠言した。

「爺《じい》、放鷹は佳境を迎え、これからが鷹どもが本式に暴れる頃合いじゃぞ。とは申せ、そなたの歳では骨身に寒さが応えよう。そなた、木原陣屋に戻り、囲炉裏《いろり》端でわれらの戻りを待っておれ」

「家基様、なにを仰せられます。主《あるじ》が寒気の外にあるとき、なんじょう家来の私が火の番を務められましょうや。古来、お鷹狩りは武勇を示す……」

「爺、よいよい、説教くさい小言はやめておけ。予に従うか、木原陣屋に単騎戻るか。どちらかにいたせ」

「たとえ一丈の雪が降ろうとも、大納言様のお傍に従います」

田之神用人が悲壮な覚悟をした。

その主従の会話は、神経を張り詰めて警護にあたっていた御近習衆に笑いを誘った。

「それ、木原山を目指すぞ」

家基は霏々《ひひ》と降り出した雪をものともせず、池上道の西側の台地に駆け上がっていった。

「そおれ」

と鞭《むち》をくれた家基の御近習衆が馬腹を蹴って家基の馬に追いつくと、前後左右を囲んだ。

「忠次郎、そなたの馬の尻をどかせ。お鷹狩りに来たのじゃ。馬の尻を見に来たのではないぞ」

家基は叫んだが、五木忠次郎は万が一の場合、自ら家基の楯《たて》になる覚悟で家基の前方に馬を走らせた。

池上道の西、八景坂の下に位置する台地を、里人は木原山とか、新井宿山とよぶ。山というよりは岡だが、西に富士山を望み、東は江戸の内海に接した絶景の地であった。

だが、視界は生憎《あいにく》の雪模様に閉ざされていた。

その閉ざされた視界を進む家基一行に、妖気の包囲網がその輪を縮めようとした。

丸目歌女は家基をわが手中に捉《とら》えたとほくそ笑んだ。

杖を突いた歌女が雪の原にふわりと迷い出ようとした。

「歌女どの、そなた、それがしを武州川越城下仙波喜多院の丸目どのの墓前で待つ身ではないか」

「なんとな」

歌女が振り返ると、塗笠の下におこん手縫《てぬ》いの頭巾を被った佐々木磐音その人が立っていた。

「おのれこそ、川越に誘《おび》き出されたのではなかったか」

「いかにも、日本橋箱崎河岸から川越行きの高瀬船に乗った。じゃが、次なる浅草花川戸の船着場で大勢の乗合客が乗り込む混雑に、それがしと別人がすり替わり、川越に向かったのはそれがしではなかった」

「姑息なことを」

「姑息を弄したはそなた、姑息の手に応じたまで」

「家基暗殺を邪魔する佐々木磐音、殺す」

歌女が宣告したとき、一段と雪が激しさを増し、木原山に登る家基一行の姿を搔き消した。

歌女が杖を振った。すると杖が薙刀に変じた。

磐音は備前包平《かねひら》二尺七寸の柄《つか》に手をかけた。

「そなたとはすでに立ち合うておる」

「こたびは違う」

歌女が悠然と、反《そ》りの強い薙刀の切っ先を磐音の喉元《のどもと》に向け、
ぴたり
と固定した。

その戦いを雪の合間から見守る武士がいた。田沼意次の剣術指南番村瀬圭次郎だ。

「いささか格が違うわ」

という呟きが尾張柳生新陰流門人の口から洩れた。

「いかにもさよう」

雪の中から声が応じた。

きいっ
と眦《まなじり》を決した村瀬圭次郎が振り返った。

そこに立つのは、一文字笠をかぶって雪を避《よ》け、綿入れの袖なし羽織に裁《た》っ着《つ》け袴、足元を武者草鞋《むしやわらじ》で固めた初老の武芸者だった。

「佐々木玲圓」

「いかにも佐々木玲圓にござる」

「かような場所でなにをしておる」

「お手前こそなにをなされておられる。大納言家基様の放鷹に関心がござって、わざわざ見物に参られたか」

「ふうっ」

と村瀬圭次郎が息を吐いて自らの驚きを鎮めた。

「佐々木玲圓、なぜ老中田沼様に楯突く」

「吉宗様、家重様、家治様と三代に亘り覚えめでたきとは申せ、田沼意次様の西の丸様への敵意尋常ならず。家基様を葬り、わが身と一族の保身を図るなど、家臣がなすべきことに非ず。許し難し」

「一介の町道場主が思案することではないわ」

「ふっふっふ」

という笑いが玲圓の口から洩れた。

「千代田の御城側、譜代《ふだい》家臣の武家地の中で拝領屋敷を頂戴して鬼門を守るは、ただの町道場主に非ず」

「なにっ」

「その答え、あの世に参ってとくと考えよ」

「ぬかせ」

村瀬圭次郎が黒蠟色塗鞘大小拵《くろろいろぬりざやだいしょうこしらえ》の一剣を抜いた。

この日、玲圓は、加藤清正公が家康に献上した助真《すけざね》と同じ刀を携えていた。

助真は備前国福岡の住人、一文字《いちもんじ》派の刀工で、

「福岡一文字」

と称された。

玲圓はこの日、刀簞笥《かたなだんす》から家康に所縁《ゆかり》の助真を選び、その覚悟のほどを自らに示していた。

「村瀬圭次郎、尚武館佐々木道場は成り上がりの田沼意次の手に決して渡さぬ」

「天下の老中に逆らえるか」

「佐々木玲圓、命を賭《と》しても守る」

「それがならぬと申しておる」

「その折りはそれがしの手で潰す。じゃが、そうはなるまい」

「後継の磐音か」

「おう、わが弟子の中でも得難き武芸者」

「佐々木父子の命運は尽きた」

玲圓が刃渡り二尺三寸一分助真の鞘を払って雪景色に差し出し、脇構えに置いた。

村瀬圭次郎はそれより二寸三分余長い豪剣を上段に立てた。

木原山の斜面、間合いは二間半あった。

さらにその直下で磐音と丸目歌女が対決しているはずだが、雪に隠れて望むことはできなかった。

村瀬が間合いを詰めた。一気に一間へと縮まり、上段の剣が正眼へと変わった。

玲圓の脇構えは寸毫《すんごう》も変わりない。両眼がひたと村瀬圭次郎の動きを見詰めていた。

「えいっ！」

気合い声を発したのは村瀬だった。そして、するするとさらに間合いを詰め、正眼の剣を左の肩に担ぐ構えから一気に踏み込んできた。

一冬積もった雪の壁が一気に崩れ落ちることを予感させるような、圧倒的な攻めだった。

逆八双から振り下ろされた剣は玲圓の右肩に伸びた。

脇構えの助真が気配もなく閃《ひらめ》き、豪快に振り下ろされる村瀬の剣を弾いて横手に流した。

壮年と初老の剣客が刃《やいば》と刃を交わらせながら位置を、
くるり
と変えた。

村瀬圭次郎は弾かれた剣を玲圓の胴へと回し込んだ。

重くも迅速な太刀《たち》捌《さば》きだ。

これに対して玲圓の助真は雪の中、重さを感じさせない一毛のように舞った。

二つの剣が再び交わり、鎬《しのぎ》を削って斜面を横手に走った。

村瀬圭次郎の歪んだ顔が玲圓を睨んだ。

玲圓の澄んだ両眼が、村瀬の動きを感得するように見返していた。口を噤《つぐ》み、息さえしていないかのように平静だった。

対して村瀬は口を開いて息を吐いた。

村瀬圭次郎は大きな腕を伸ばし、玲圓の体を押すようにして間合いを開けた。

が、次の瞬間、隙間《すきま》に水が流れ込むように玲圓が、
ぴたり
と強引に開けたはずの間合いを元に戻し、下段から擦り上げようという剣の平《ひら》地《じ》を押さえた。それを嫌った村瀬の剣が強引に助真を下から弾き上げると、玲圓の腰を強襲した。

ぴたり
どこをどう動いたか、助真が村瀬の剣を押さえて動きを封じた。

村瀬はひたすら力で弾き返して攻めに転じようとした。だが、その悉《ことごと》くの出鼻を挫かれ、相手の体に刃が届かなかった。

(なにくそっ)

幾度目か、間を取ろうと試みた。

(なった!)

村瀬圭次郎が尾張柳生の新陰流道場で工夫した、半間余の間合いから太刀筋を隠して相手の腰骨を断つ、

「地《じ》吹雪《ふぶき》」

を見舞った。

玲圓の剣はもはや村瀬の必殺の剣を弾く位置にはなかった。

（勝った！）

江都一の尚武館佐々木道場の佐々木玲圓に勝ちを得たと思った瞬間、村瀬の眼前に切っ先が伸びてきて、さあっと喉元を抉《えぐ》った。

「うっ」

と声にならない呻《うめ》きを洩らした村瀬圭次郎の腰から一気に力が抜けていった。

（このようなことが起こるはずもない）

村瀬は両の足で、雪に覆われ始めた木原山の斜面を踏み締めようとした。だが、考えが浮かんだのはそれまでで、暗くも視界が閉ざされた。

朽木《くちき》が倒れるように村瀬は雪の斜面に倒れたが、もはやその体には死がとりつき、一頻《ひとしき》り痙攣《けいれん》を繰り返した後、
ことり
と息絶えた。

玲圓の勝因は、

「尚武館佐々木道場を田沼意次風情に潰させはせぬ」

という想いであったのかもしれない。

玲圓は村瀬の動かなくなった体を見下ろすと、助真に血振りをくれた。そして、雪の舞う一角に声をかけた。

「霧子、こやつの亡骸、始末してくれぬか」

「お任せください。近くに古井戸がございます」

霧子の声を聞いて玲圓は木原山の斜面を下り始めた。

歌女と磐音は近くで戦われる勝負の気配を感じながら、互いに不動の姿勢を保っていた。

「終わった」

「決着がついた」

と互いに言い合った。

磐音は、雪で遮蔽《しゃへい》された向こうで戦われた一人が養父の佐々木玲圓と悟っていた。だが、相手がだれか、考えが定まらなかった。

玲圓が勝ちを得たか相手が制したか、その相手が強敵であったことだけは確かだった。

「佐々木磐音、こちらが決着をつけるときぞ」

凍《い》てついたように動きを止めていた戦いが再び始まった。

磐音は視界の端に霧子が蹲《うずくま》って勝負の行方を見つめるのを捉えた。村瀬の亡骸を古井戸に投げ込んだ霧子は、あとは降り積もる雪が痕跡《こんせき》を消してくれよう、と考えながらその場をあとにして、次なる対決の場に姿を見せたのだ。

磐音は、

（何事か）

と思いつつ、霧子の五体から切迫した様子がないことを見てとり、前面の敵に集中することにした。

未だ包平の柄に手をかけたままだ。

別の人物の気配がした。

歌女が小さな悲鳴を上げた。

佐々木玲圓が戦いの場に姿を見せたからだ。

歌女が動揺し、

「佐々木父子め」

と呟いた。

「歌女、この場にあるのは養父《ちち》やそれがしばかりではない。弟子もあれに控えておる。そなた一人に三人、それでも丸目どのの仇《あだ》を討つ気か」

歌女の構えた薙刀が力なく下ろされ、

「磐音、次なる機会を待て」

と言い残すと雪襖《ゆきぶすま》に溶け込むように姿を消した。

「歌女の覚悟が一向に分からぬわ」

と玲圓が呟いた。

「養父上、どなたが相手にございましたな」

「田沼意次様の剣術指南村瀬圭次郎よ」

「村瀬様が家基様の放鷹の場に」

と磐音が応じて霧子を振り返った。

「家基様方、木原陣屋に昼餉《ひるげ》のために入られました」

と報告した。

「弥助が従っていような」

「はい」

玲圓の問いに霧子が答えて、三人は木原陣屋へと雪の中、走り出した。

二

家基一行は木原家の女衆が手打ちした切り込みうどんを、随行の御近習衆とともに食した。むろん家基が食べる前には、毒見掛の石神井《しやくじい》吾助《ごすけ》がうどんも大鍋《おおなべ》の汁も試した。

その後、丼《どんぶり》の切り込みうどんがどんどん運ばれてきて、随行の家来たちとともにその一つを手にした家基は、

「そのほうらも汁が冷えぬうちに食せ」

と許しを与えた。

家基は、大鍋で煮込んだ春野菜や鶏肉などの具だくさんの汁を丼の手打ちうどんの上にかけ回し、一味唐辛子を振りかけて、

「ふうふう」

と言いながら食し始めた。それを見た三枝隆之輔らが、

「頂戴いたします」

と丼に手を伸ばして主と競うように食し始めた。

一杯目を食した大納言家基は上機嫌で、

「忠次郎、寒い折りには切り込みうどんなるもの、なんとも美味であるな」

とお代わりを望んだ。

「家基様、なかなかご健啖《けんたん》にございますな」

田之神用人が目を細めて家基の食べっぷりを見た。城中で大勢の者に傅《かしず》かれての上げ膳据え膳ではどうしても食欲が湧かなかった。だが、放鷹に出た折りの家基は大食漢に早変わりした。

田之神はそのことが嬉しくてしようがないのだ。

「放鷹は武術修行のひとつじゃ。馬に乗って雪の原を駆けまわれば腹も空《す》くわ。皆のもの、しっかりと食せ」

と家基も家来衆に命じた。

家基一行が同じ鍋のうどんを食し終えた頃、雪が小降りになった。

田之神用人は、昼食の後、

「早めの帰城」

を忠言するはずであった。だが、小降りになって晴れ間さえ見えてきたため、今しばらく放鷹を見守ることにした。

木原陣屋を出た家基一行を真っ白の新井宿の雪原が待っていた。

拳《こぶし》にお鷹を、あるいは弓を小脇に抱えた狩り装束の一行が御鷹匠衆らを従えて騎乗で行く姿はまさに、

「一幅の絵」

であった。

木原陣屋から雪の本門寺へと向かいながら、放鷹を繰り返した。

だが、若い鷹が晴れた雪原に戸惑いを覚えたか、なかなか獲物を捕まえることができなかった。

それでも青空が見え始めた雪の原に、お鷹が大きな輪を描きながら獲物を探す姿を見た家基らは、浩然の気を養った。

「隆之輔、鷹のように大空を飛んでみたいと思わぬか。本門寺の五重塔が眼下に見えて、さぞ心地よいことであろう」

「いかにもさよう。それがしに羽さえござれば」

主従は鷹が舞う空を見上げて話し合った。

日蓮宗大本山の一、本門寺は、弘安《こうあん》年間（一二七八〜八八）に池上宗仲《いけがみむねなか》が土地を寄進して開堂された寺だ。欅《けやき》造りの総門を潜ると、加藤清正が寄進した九十六

段の石段の上に仁王門があり、その奥に祖師堂が堂々たる大きな甍《いらか》を見せ、右手に五重塔が天を衝《つ》く姿は、この界隈の、

「白眉《はくび》の景色」

と言えた。

再開されたお鷹狩りで最初の獲物を捕獲したのは隼号であった。

隼は大空から雪原の一角の小さな点を見分けて一直線に滑空すると、危険を感じて必死の逃走を図る野兎を鋭い爪《つめ》で、
さあっ
と一摑《ひとつか》みした。

昼からの最初の獲物に随行の衆が歓声を上げた。

それがきっかけのように、晴れ間を見せていた空に鈍色の雲がかかり、再び雪が舞い始めた。

「家基様、帰城の頃合いにございます」

ここで田之神用人が大納言家基に忠言した。

「そうよのう」

と未だ未練を残した家基に三枝隆之輔も、

「池上道はすぐそこにございます。また、この雪はさらに激しさを増しましょう。ご帰城が宜しかろうと思います」

と田之神用人と口を揃えた。

「いささか早いが、天気がこうでは鷹も獲物を見つけにくかろう」

と家基が得心し、騎乗の隊列が改めて組み替えられた。そして、池上道に出ると、品川宿を目指して狩り装束の一団が進み始めた。

「ご帰城のようじゃな」

玲圓がかたわらの磐音に言った。

「それがし、お傍近くに従います」

徒歩の磐音は玲圓に断ると雪原を駈け出した。すでに弥助と霧子は家基一行の近くに身を隠して同行しているはずだった。

磐音が池上道に上がったとき、雪が一段と激しさを増した。

「予定を早められて放鷹を中止なされたのは賢明の策」

と思いながら雪に見え隠れする騎馬の群れを磐音は追った。

家基一行が大井村を経て、池上道が東海道と交わる青物横丁に出たとき、八つ半（午後三時）前の刻限であったろう。東海道を十丁あまり北進した一行は不意に道を変えた。

「おや、なんぞあったか」

一行のあとに従う磐音は間合いを詰めた。

帰路の家基一行には、これまで付きまとってきた妖気も殺気も失せていた。その一行が、南品川と北品川を分かつ目黒川に架かる中ノ橋を渡ったところで左手に曲がり、川の左岸沿いに上流へと進み始めたのだ。

品川宿には雪の東海道を旅してきた人々の姿が大勢見られた。その者たちに向かって旅籠《はたご》から食売《めしもり》が袖を引いた。品川宿には食売と称する遊女が何百人もいたのだ。

そのような風景の中、磐音が小走りに中ノ橋を渡ると、霧子がすうっと寄ってきた。

「東海寺《とうかいじ》にお立ち寄りにございます」

「なんぞ異変か」

「いえ、この寒さに腹がしぶり始めたご家来衆がおられるようです」

霧子は用を足すために東海寺に立ち寄ると報告した。

「家基様も用足しをなさるのであろうか」

「そこまでは分かりませぬ」

磐音は万松山東海寺《ばんしようざん》について、頭にある知識を思い浮かべた。

三代将軍家光が沢庵《たくあん》禅師の隠居所にと寛永十五年（一六三八）に建てた寺であり、徳川家とは縁が深かった。

「寺に潜り込みます」

「無理をするでないぞ」

と磐音は霧子を送り出した。そして、磐音自身はあとから来る玲圓を待ってしばし中ノ橋詰に留《とど》まった。

その直後、人込みを分けて一文字笠に雪を積もらせた玲圓が姿を見せた。

「養父上」

「どうしたな」

「ご一行は用足しのために東海寺に立ち寄られました」

「鞍上《あんじよう》の家基様、この雪で腹を冷やされたか」

「ご家来衆の中に用を足す者がおるようです」

「なんぞ異常というわけではあるまいな」

「その様子は見えませぬ。品川宿に入り、ご帰城を前にして、家光様所縁の寺に立ち寄ろうと思いつかれたのではございませぬか」

「いかにもそのようなことか」

玲圓と磐音は目黒川に沿って東海寺門前まで上がり、山門から本堂を覗いた。

そのとき、二人は期せずして雷にでも打たれたような不安を感じとっていた。

「磐音」

「養父上」

と呼び合った二人は山門の石段を駆け上がった。するとお鷹狩りに随行した家来衆が両手を広げて立ち塞がった。狩り装束の若武者らは見張りだった。

「何者か」

「村上《むらかみ》どの、それがし、佐々木磐音にござる」

磐音は家基の御小姓の村上五朗次《ごろうじ》に塗笠の縁《へり》を上げて顔を見せた。

「おおっ、磐音先生」

西の丸の剣術指南であった磐音を五朗次は認めた。

「養父の玲圓にござる」

と玲圓の身元を告げた磐音は五朗次に、

「いささか不審の儀あり。お傍近くに通ってはならぬか」

「それは」

と拒む五朗次の声と重なり、絶叫が東海寺の境内に響き渡った。

「きええっ！」

喉を搔き毟《むし》って絞り出されるような悲鳴は雪の境内を震撼《しんかん》させた。身の毛のよだつ声を聞いた五朗次が、

「家基様」

と恐ろしげな声で呟いた。

「村上どの、われら二人をお傍に案内《あない》してくれぬか」

はっ、と頷いた五朗次が、

「こちらへ」

と言いつつ、自らも雪の参道を庫裏《くり》のほうへと案内して走り出した。

庫裏を望む雪の庭から磐音らが見たものは、無秩序の混乱であり、ただ走り回る御近習衆や御小姓衆や坊主たちの姿であった。

玲圓と磐音は騒乱の中で依田鐘四郎が、

「御典医どの、急ぎ治療を」

と必死で同行の池原雲伯に診察を命じている姿を認めた。

「村上どの、お付きの方々を取り鎮めるのが先決にござる」

磐音の忠告を聞いた村上五朗次が、

「ご免」

と言い残すと庫裏に向かって走り出した。

玲圓も磐音もその場に駆け付けたい思いに駆られながらも、その場に留まらざるをえない立場を悔やんだ。そして、磐音は、

「なぜ桂川国瑞に密行」

を願わなかったか一瞬悔やんだ。だが、桂川国瑞とて、もはや大納言家基の御典医ではないのだ。

五朗次が庫裏に駆け付けて、

「お静まりくだされ」

と声を張り上げ、開け放たれていた庫裏の障子が閉じられて池原雲伯の診察と治療が始まった。

しばらく家基の苦悶《くもん》の声は聞こえなかった。

「養父上、それがし、駒井小路に急ぎ、桂川甫周先生をお呼びいたします」

「待て、磐音。家基様のご様子が判明してからでもよかろう」

玲圓の声は平静だった。

ひと月のうちに三度も繰り返された放鷹の最中、一度目の二の江村では家基の暗殺未遂騒動が起こった。これは磐音が身をもって防いだ。二度目の目黒村のお鷹狩りでは、朝の間こそ妖しい気配を見せておきながら、ついになにも起こらなかった。

そして、三度目の今日、放鷹の場に丸目歌女と村瀬圭次郎が現れ、玲圓と磐音父子によって、村瀬は討たれ、歌女は逃走した。

だが、これらのすべては陽動策で、家基毒殺のための布石ではなかったか。

玲圓と磐音が期せずして考えたことだ。

東海寺の庫裏は森閑としていた。

立ち騒いでいた御近習衆の姿はなく、治療の行われている障子の向こうから張り詰めた緊迫が伝わってきた。

そのような静寂がどれほど続いたか。

障子の向こうに動きが感じられた。

「西の丸帰城」

という声が風に乗って伝わってきた。

東海寺の玄関に乗り物が横付けされた気配があった。

「養父上、雲伯先生の治療が奏効したようです」

「そうであればよいが」

玲圓の言葉には未だ不安があった。

東海寺では家基を乗り物に乗せて急ぎ帰城の仕度が進行していた。

玲圓と磐音はその場から動かなかった。

やんでいた雪が再び降り始めていた。

不意に庫裏の障子が開かれたが、もはや座敷には家基の姿も御近習衆の姿もなく、接待に使われた盆や茶碗が畳に転がっているのが、二人に大混乱の現場を想起させた。

磐音も玲圓も人の気配を感じた。すると、真っ青な顔をした依田鐘四郎と村上五朗次が二人のもとにやってきた。

「家基様のご容態はいかがか」

「ただ今は小康状態にございます」

「いかがなされたのです、師範」

「雪道に腹がしぶると仰せられましたので、東海寺に立ち寄ることにいたしました」

「予定にはなかったのだな」

「ございません」

「用を足された家基様はすこぶるお元気な様子にございましたが、池原雲伯先生が念のためにしぶり腹に効くという煎じ薬を勧められ、その直後に絶叫して昏倒《こんとう》なされました」

「なんとな」

「池原先生は、しぶり腹に投薬が障ったせいだと別の薬を与えられ、ただ今小康状態を取り戻されました」

「磐音、やはり訝しい。そなた、桂川先生のもとに走れ」

はっ、と畏まる磐音に、

「若先生、馬を寺の裏口に用意させます。表海道を避けて駒井小路に向こうてくだされ」

と依田鐘四郎が五朗次に馬の用意を命じた。

「鐘四郎、そなたは家基様のお傍に従え。それがしも影になって近くに従う」

玲圓の命に、磐音と五朗次が寺の裏へと走り、鐘四郎が東海寺の山門へと消えた。

「敗れたか」

田沼意次の策に落ちたか。

玲圓は自問した。

「いや、家基様はただのしぶり腹やもしれぬ」

と胸中に生じた考えを自ら打ち消した。そのとき、霧子がふわりと姿を見せた。

「弥助様の言伝にございます」

玲圓が無言で霧子を見た。

「家基様のご急変尋常に非ず」

「池原雲伯か」

「弥助様は、雲伯につくと言い残されて行かれました」

「ふうっ」

と玲圓が大きな息を吐いた。

「大先生、お指図を」

玲圓の口からすぐに返答はかえってこなかった。

「天はわれらを見捨てられたか」

血を吐くような玲圓の呟きであった。

「霧子、田沼意次に先んじられた。もはやわれらに打つ手はない」

「甫周先生がおられます」

「家基様のお傍に行くことが許されようか」

と自問した玲圓が、

「霧子、わしに従え。速水様の屋敷に参る」

玲圓の脳裏に、家治の御側御用取次速水左近に願い、御典医の一人に桂川甫周を入れることを家治に進言してもらう考えが湧いた。

「その前に」

玲圓は庫裏に近付くと物が散乱する座敷に飛び上がり、転がる茶碗を拾い上げると手拭いに包み、懐に忍ばせた。

騒乱の場に視線を投げた玲圓は、

「参ろうか」

と霧子に言い、東海寺の庭を忍び出ると、品川宿を避けて表猿楽町を目指した。

その夜、疲労困憊《こんぱい》した玲圓が尚武館に戻ったのは五つ半（午後九時）の刻限だった。

「ご苦労に存じます」

とおこんが出迎えた。

速水邸から尚武館に霧子を先行させて戻していた。おえいとおこんは霧子の口から家基の危難をすでに知っていた。

「磐音はまだか」

「未だ」

「帰らぬか」

玲圓は帰らぬ磐音に一縷の望みを託した。

磐音が尚武館に戻ったのは夜半九つ（十二時）過ぎのことであった。起きて帰りを待っていた玲圓のもとに磐音が姿を見せた。

「どうじゃ」

「西の丸には田沼一派の手の者が入り、桂川先生も家基様のお近くに行くことさえ叶いませぬ」

「家基様のご様子はいかに」

「弥助どのの報告では、東海寺からの帰路、乗り物の中から恐ろしげな呻き声が絶えず聞こえていたそうです」

「なんということが」

「今一つ、池原雲伯どのは神田橋内の田沼屋敷に入られたままにございます」

「先んじられた」

「養父上、家基様はお強い若武者にございます。なんとしても苦しみに耐えてご快癒《かいゆ》なされます。そう願いとうございます」

「天命に委ねるしかないか」

磐音の悲痛な言葉に玲圓は淡々と応じた。

三

西の丸に暗雲が漂っていた。

江戸じゅうが、明晰にして清廉な若者の回復を願って、神社仏閣に出向き、滝に打たれ、お百度を踏んで平癒を祈願していた。

雪景色の西の丸を望む御堀端には何百何千の江戸市民が、黙然と立ち竦み、若者の孤独な戦いを見守っていた。

徳川幕府十一代将軍を約束された大納言家基自らも、死との戦いに全身全霊で立ち向かっていた。

家基が新井宿の放鷹の帰り道、品川の東海寺に立ち寄り、俄《にわ》かに苦悶に落ちた事実は、瞬く間に江戸じゅうに広まった。

東海寺から御城への乗り物の中から響いてきた、恐ろしげな唸り声の意味をだれもが即刻悟った。

田沼意次の意を酌んだ者の仕業と直感したからだ。そして、時が経つにつれて、新しく召し抱えられた西の丸御典医池原雲伯が従いながら、なぜこのような状態に陥ったか、疑いを抱いた。

読売などが家基の危篤に触れることは禁じられていた。

だが、人から人へと伝わる噂や風聞を止めることは、幕府も、いや田沼派も止めることは叶わなかった。湯屋や髪結床で、

「おい、聞いたか。雲伯って御典医の娘がよ、田沼様の納戸衆磯貝十右衛門の倅の嫁になるんだとよ」

「なんだって。雲伯め、娘可愛さに一服盛ったってわけか」

「これまでも田沼意次様は、自らの地位の安泰と一族の繁栄を考えてよ、家基様

を亡き者にしようと、何度も刺客を西の丸に送り込んだという話じゃないか」

「家基様は公方様のご嫡男だぜ。そのお方を新参老中の田沼が殺そうってか」

「おうさ。新参たって、並の老中が何人かかってもよ、屁《へ》とも思わねえんだ。家治様の後ろ楯があるうえ、幕府のお偉いさんの弱みを握り、大奥に人を送り込んで万全の田沼様だ。それに必死に立ち向かっているのが、神保小路の尚武館佐々木道場の父子らしいな」

「佐々木玲圓様と磐音若先生か」

「磐音様は、西の丸様の剣術指南を務められるほどに家基様の信頼が厚い方だ。それがつい先日、田沼がよ、町道場の後継がなぜ西の丸に出入りする、なんぞと強引ないちゃもんをつけてよ、辞めさせたばかりだ。ともかくよ、田沼一派の前に立ち塞がっていたのが佐々木父子だ。二の江村のお鷹狩りの折りも家基様暗殺を企《たくら》んだらしいが、磐音若先生に阻止されたそうな」

「そこで毒殺に手を変えたか」

「まず間違いのねえところ」

とそんな会話が繰り返されていた。

ともあれ江戸の市民は家基の快癒を熱望して、仕事も手につかない有様だった。

騒然とした西の丸に、なんとしても阿蘭陀《オランダ》医学を習得した医師の桂川国瑞らを送り込み、治療に当たらせようと、家治の御側御用取次速水左近ら、数少ない家基派が動いたが、田沼派の厚い人脈の壁の前に、

「御典医は十分に揃うてござる」

と拒まれ、なす術《すべ》がなかった。


田沼意次の威を借りる一派の壁をなんとか突き崩そうと、速水らも必死の嘆願を繰り返したが、西の丸に入ることすら拒絶された。

磐音は神田橋内の田沼邸の表門が見える大名小路の一角に佇《たたず》んでいた。

昨夜来、一睡もしていない。

(田沼派の暗殺を阻む手立てはなかったか)

何百回となく自問し、答えを見出せないでいた。いや、答えなど今やどうでもよかった。

家基が死の床にあること、それ自体が磐音の敗北を意味した。

いつの日から磐音は、この若武者に幕府再興の夢を託すようになったのだろう。

先の日光社参の折り、家基は家治の許しを得て日光へ微行した。その警護にあ

たったのが佐々木玲圓と坂崎磐音だった。

磐音がこの若者に会ったのは日光道中筋、野州《やしゅう》河原のことだった。

「坂崎、先の御用大儀であったな」

と義妹の種姫《たねひめ》の麻疹《はしか》の治療に当たる阿蘭陀商館付き医師ツュンベリーや桂川国瑞の警護に磐音が協力し、見事回復したことに労《ねぎら》いの言葉をかけたのだ。

その瞬間、磐音の胸の中《うち》に確固たる考えが湧いた。それが、

「なんなりと御用命くだされ。坂崎磐音、一命を賭して家基様の御楯《みたて》になり申す」

と答えさせたのである。

その返答は今も磐音の胸の中にあった。だが、家基との約定を磐音は果たし得なかったのだ。

田沼邸は大扉をぴたりと閉ざして出入りが絶えていた。

(剣はそれほど無力か)

そのような磐音の心の中に黒い渦が生じ、一つの妄念が取り憑いていた。

万が一、家基が身罷ったとき、田沼意次を斬る。その考えが、磐音をして田沼屋敷の表門を窺う辻に立たせていた。

だが、最前から、長く佇む磐音に大名家の門番が不審を抱き始めていた。

磐音は大名小路の奥に向かって歩き出した。

田沼意次を暗殺することが剣者としていかなる意味を持つものか、磐音は考えていた。

磐音はこれまで幾多の戦いを繰り返し、幾人もの剣術家らの命を絶っていた。

だが、それは剣を志す者同士の、

「尋常の勝負」

であり、無情の剣を翳《かざ》す悪党を阻止するために振るった刃である、と自らの行動を弁護していた。

強い意志をもって老中田沼意次を斬ることになんの躊躇《ためら》いがあるものか、と自らの行動を肯定しようとした。だが、田沼意次の行動が自己保身であっても、

「政《まつりごと》」

に関わる部分と重なってくる。

剣に生きると志を立てた者が、政の中心にある人物を暗殺したとき、磐音の気持ちが奈辺にあったかは別にして、家基の死に憤激する、

「刺客」

に堕ちるだろう。

「剣は人を活かす」

ものと信じて剣の修行を続けてきた磐音の志は、がらがらと音を立てて崩れ落ちることは確かだった。

いつしか、雪が降り積もった馬場先堀端に出ていた。そこには家基の回復を願う人々が大勢いた。その想いと視線は西の丸の方角に向けられていた。

「佐々木さん」

と呼ぶ声に磐音は我に返った。

視線を上げると、馬場先御門から出てきた様子の、若狭小浜《わかさおばま》藩医にして本草学に精しい蘭医中川淳庵が磐音を見ていた。

「無沙汰しております」

中川淳庵は杉田玄白《すぎたげんぱく》、前野良沢《まえのりようたく》、桂川甫周らと『解体新書《ターヘル・アナトミア》』の翻訳に従事していた。

その昔、日田《ひた》往還で出会って以来の古い友人だった。

「中川さん、家基様のご容態をご承知ですか」

「なんぞ手伝いができぬかと朝から駆け付けましたが、西の丸大手御門の先には入れません。国瑞は前任の御典医の身分でなんとか大手御門を潜《くぐ》りましたが、その先には行けますまい。田沼派の厳しい見張りが立っておるそうな」

と淳庵が囁いた。

磐音と淳庵は病気平癒を願う人込みから離れて、八代洲河岸《やよすがし》の大名家の塀際に移動した。

「佐々木さん、お鷹狩りに同行されたそうですね」

「同行は許されておりません。密かに従うておりました」

「ご苦労なさいましたね」

「なんの役にも立ちませんでした」

「佐々木さん、それは違う。田沼様があれほど敵意を剝き出しにして家基様暗殺を謀っておられるのは、周知の事実。それを孤軍奮闘、尚武館の玲圓先生とあなたが家基様のお身を護ってこられたのです。圧倒的な相手によくもここまで頑張ってこられたと、私は言葉を持たないほど感激しております」

「それも、こうなっては」

「申されますな」

中川淳庵が科学者の冷静さを取り戻して言った。

「東海寺でご休息なさったそうですが、ご様子を承知ですか」

磐音は依田鐘四郎から聞いたことを中心に、前後の経緯《いきさつ》を話した。しばし磐音の言葉を吟味するように思案していた淳庵が、

「新井宿の木原陣屋で食された切り込みうどんは、こたびのこととはなんの関わりもありますまい。大勢が同じものを食しているのですからね。なにより、時間もだいぶ経過しています。しぶり腹は寒さのせいでしょう。この二月の雪がもたらしたものです」

と辺りの雪景色を見回し、

「家基様だけがこのような状態に落ちるのは、東海寺でのことです」

と言い切った。

「池原雲伯どのがしぶり腹の治療薬を家基様に投与なされてから、体調に異変が起きたと聞いております。われらも家基様の壮絶な唸り声を聞いております」

「池原雲伯め、その折りに」

と淳庵が答えたとき、二人の前にふわりと霧子が姿を見せた。むろん霧子も中川淳庵を承知していた。

「弥助様からの言伝にございます」

霧子は、よいかというように磐音を見た。

「話すがよい」

「家基様のご容態芳しからず。段々とご体調が衰えていかれるそうにございます」

「あれほどご壮健な家基様が、なんということか」

「西の丸様の治療に当たられるお医師の中に、池原雲伯様は加わっておられぬそうな。千賀道隆《せんがどうりゅう》様と、その息がかかったお医師団が治療に努めているそうにございます」

「ああああっ」

と中川淳庵が絶望の声を上げた。

「今一つ、西の丸の医師団の中から、斑猫《はんみょう》の毒を口にされたのではないかという考えが出たようですが、千賀様が否定なされたとか」

「斑猫とはどのような毒草ですか」

磐音が淳庵に訊いた。

「佐々木さん、毒草ではありません。斑猫は鮮やかな色彩を持つ甲虫の一種です。肉食ですが、幼虫、成虫ともに毒性はありません。ところが漢方の生薬にいう斑猫は、土《つち》斑猫科の豆《まめ》斑猫、緑芫青《みどりげんせい》を指しておりまして、猛毒を持っております」

淳庵の説明に頷いたのは霧子だ。

「雑賀衆でも、この豆斑猫を用いて確実に仕留める相手に服用させます。忍びの者ならば古くから承知の毒薬です」

と言い出した。

「こたびのこと、漢方医の知恵と忍びの者の経験が合体したものですよ、佐々木さん」

田沼意次は、家基暗殺のために壮大な計画を頭に思い描いていたのではないか。刺客を何人も派遣してはその都度磐音らに撃退される失態を繰り返したのも、この、

「斑猫」

毒薬暗殺の企てがあればこその布石ではなかったか。

「中川さん、解毒の方策はありませんか」

「服用された直後ならば、胃の腑のものをすべて吐かせて毒性を軽減することもできましょう。ですが、そろそろ一日になります。家基様の全身に斑猫の毒が回っていると想像されます。体力のない年寄りならば、すでに身罷っていても不思

議ではありません。家基様は五体壮健ゆえ、命を永らえておられるのです。なんとも凄《すさ》まじい苦痛苦悶が家基様を襲うておりましょう」

「許せぬ」

と磐音が呟き、淳庵が磐音の顔を見た。

そのとき、玲圓は東海寺から持ち帰った茶碗を前に思案していた。


二十四日巳《み》の刻半ば（午前十時）の刻限、家基は身罷った。享年十八の若さであった。

その日、江戸じゅうが哀しみに沈んだ。お店《たな》も早めに表戸を下ろし、盛り場も灯りを早く消して家基の鎮魂にくれた。

家基の死を聞いた家治は、落胆したとも、なんの感情も示さなかったとも言われた。このとき、家治四十三歳。世子は家基の死で亡くなったが、まだ子をなすことのできる歳であった。

後世に残る家治の謎《なぞ》の行動があった。

家治は田沼意次を呼び、淡々とした口調で、

「意次、そなたに御養君御用掛を命ず」

と告げたというのだ。それも、家基の埋葬も終わらぬうちにだ。

家治は、家治の養子を選ぶ大任を田沼意次に与えたのだ。これで田沼の野望、家重、家治、そして、新しく任じられる十一代将軍に強い影響を持つ権力者の地位を保証されたことになる。

尚武館に、老中首座松平右近将監《うこんのじよう》武元の使者大河内又輔《おおこうちまたすけ》を迎えた。

対応する佐々木玲圓と磐音に、大河内は、

「佐々木どの、幕府の御命を下しおく」

「はっ」

と畏まる二人に大河内は、

「佐々木家伝来拝借の地は、直参旗本ばかりが拝領屋敷を持つ御城近く、これまでどのような経緯でかような仕儀に立ち至っておったか幕府は知らず。こたび、老中会議にて、佐々木家の土地を幕府が上知いたすことと相成った。さよう心得よ」

と告げた。

「畏まって御座候」

と玲圓が即座に応答した。

「潔い返答、大河内感じ入った」

「日限はいつにございましょうか」

「尚武館道場は即刻閉鎖にござる。また佐々木家の退去は、明朝六つ（午前六時）の刻限といたす」

「承知いたしました」

と応じた玲圓が、

「ご使者、道場を閉鎖し、われら一族が退去することに異存はござらぬ。されど旬日《じゅんじつ》屋敷を守る門番二人のみ残すことをお許し願えませぬか。次なる住人が決まりしときまで屋敷、道場が荒れること、佐々木玲圓、忍び難きことにござれば」

大河内がしばし考えた後、

「門番なれば宜しかろう」

と許しを与えた。

使者が立ち去った後、玲圓と磐音は道場に入り、稽古を中断させて、全員を道場に正座させた。

何事かと緊張する門弟衆の耳に玲圓の言葉が淡々と響いた。

「幕府老中会議の命により、本日ただ今を以て尚武館佐々木道場は閉鎖となった。諸氏、道具を持参し、即刻退去なされよ」

悲鳴とも憤激ともつかぬ言葉が上がった。それを磐音が制し、

「佐々木玲圓の言葉、聞かれなかったか。われら徳川幕藩体制のもと、剣に生きる者の覚悟は一つしかござらぬ。上意は至上にして不変、そして、師の命もまた覆ることとなし。いつの日にか師弟の縁が復活することを念じて立ち去られよ」

と宣告すると、慟哭《どうこく》が起こった。

だが、そのような中、一人ふたりと、佐々木父子に一礼して道場を後にしていった。四半刻（三十分）後、残ったのは住み込み門弟の田丸輝信ら十数人だ。

「そなた方も退去なされよ」

磐音の言葉に田丸がなにかを言いかけたが、それを遮ったのは小田平助だ。

「おまえ様方、大先生と若先生の気持ちを察せんな」

「お察しします。ゆえに」

「黙らんな。若先生が、いつの日にか師弟の縁が復活することを念じて、と万感の想いを託された言葉の意味を考えんな」

「はっ、はい」

と住み込み門弟らが泣きながら道場をあとにした。

広い道場に残ったのは玲圓、磐音、そして平助の三人だけだ。

「大先生、若先生、短い間じゃったが、小田平助、こげん幸せな日はなかったばい。また流浪の旅に戻りまっしょ」

平助が別れの挨拶をした。

「平助どの、頼みがある」

「なんじゃろか、大先生」

「ご使者の許しは得てある。季助とともに、この屋敷の門番として残ってくれぬか」

と玲圓が願った。しばしその意味を考えていた平助が、

「小田平助、最後のご奉公のごたる」

と返答して受けた。

半刻（一時間）後、磐音とおこんは、早苗を供に尚武館の通用口を潜って外に出た。すでに尚武館の表門の扉には青竹で十字に竹矢来《たけやらい》が組まれ、警護の侍が立っていた。それをちらりと見た三人は神保小路を東に進んでいった。

「私たちが一体なにをしたというのかしら」

おこんは町娘に戻った口調で悔しい思いのたけを吐き出した。

磐音はなにも答えない。

磐音らが訪ねたのは今津屋だ。

由蔵が夫婦の姿を見て、すぐに奥座敷に通した。

磐音とおこん夫婦を迎えたのは吉右衛門、お佐紀、そして由蔵の三人だ。

「お願いの儀があって罷《まか》り越しました」

「なんなりとお申し付けください」

すべて事情を呑み込んだ様子の吉右衛門が応じた。

磐音は幕府のご使者の用向きを淡々と、心を許し合った三人に告げた。

「今津屋にできることはなんでございますか」

「明朝六つまでに尚武館を退去せねばなりませぬ。とは申せ、養父と養母《はは》を深川の金兵衛長屋に連れていくこともならず」

「みなまでおっしゃいますな」

と応じたのは由蔵だ。

「旦那様、佐々木様ご一家には、小梅村の御寮に引っ越していただいてはどうです」

「老分さん、町内の鳶《とび》連中を神保小路に差し向けて、大八《だいはち》で筋違橋御門まで往来させなされ。また筋違橋下に川清の船を集めて、大八の荷を小梅村に送り込むのです。うちの連中で手隙《てすき》の女衆、男衆も即刻、尚武館に走らせなされ」

と今津屋の主の号令が下り、一気に騒がしくなった。

「おこん様」

お佐紀が黙したままのおこんに呼びかけた。

「尚武館から送り出すほうは皆に任せて、小梅村の御寮に今から参りませんか。玲圓先生とおえい様のお部屋だけでも改めておこん様に見てもらい、少しでも気持ちよくお過ごしいただけるよう、受け入れの仕度を整えておきましょう」

お佐紀の厚意を、おこんは一礼して受けた。引っ越しの時間はあまりにも限られていた。できることから素早く実行することが肝要だった。

磐音は、柳橋の船宿川清から出る猪牙《ちょき》舟を見送った。お佐紀とおこんと早苗を乗せた舟の船頭は小吉なだけに案ずることはない。

「それがよろしい」

と吉右衛門が即座に言い、

「頼む、小吉どの」

「へい、お任せを」

短く小吉が答え、おこんが目顔で磐音に、

（養父と養母をよろしく願います）

と請い、磐音は頷き返した。

四

今津屋出入りの鳶の連中、尚武館と関わりのある鳶、さらには尚武館の増改築を差配した大工の銀五郎親方と弟子らが集まり、今津屋の小梅村御寮への引っ越し作業に力を結集し、四つ（午後十時）過ぎにはなんとか目処が立ちそうに思えた。

一方、今津屋の小梅村の御寮では、おこん、お佐紀に、今津屋の女衆と早苗が加わり、引っ越し荷の受け入れに大童《おおわらわ》だった。

わずか一昼夜の時間の余裕さえない引っ越しだ。いくら大勢の助っ人とはいえ、全員が必死の作業だった。

尚武館の母屋と離れ屋の荷の梱包《こんぽう》に目鼻がついた刻限、磐音は、

「養父上、養母上、なんとかこちらの目処は立ちました。大八とともに筋違橋御門まで下られ、船にて小梅村に行かれませぬか。あちらのほうが落ち着きましょう」

と願ってみた。すると玲圓が、

「神保小路は佐々木家伝来の土地であった。かような仕儀で立ち退《の》くのも運命《さだめ》じゃが、できることとなれば最後の一夜、仏間で過ごさせてくれぬか」

と静かに応じた。

玲圓の希望もあり、位牌《いはい》や仏具は明朝最後の船で小梅村に運び込むことが決まっていた。

玲圓の気持ちを察した磐音は、引っ越しを手伝った鳶の連中や銀五郎親方らに、

「お蔭《かげ》さまで滞りなく引っ越しが済みそうです。佐々木磐音、このこと、生涯忘れはいたしませぬ。遅くなりましたが」

と用意していた酒を茶碗で振る舞い、神保小路から引き揚げてもらった。

離れ屋に独り戻った磐音だが、がらんとした家にいたたまれず尚武館を抜け出すと、田沼屋敷の前にやってきた。

弥助から、田沼意次が城中にあり、御養君を決める作業に専念していることを承知していたからだ。

夜半九つ（十二時）の時鐘が響いてきた。すると老中の城下がりを想起させる、
ざっざっざ
という大勢の人間が早足で玉砂利を踏む気配が伝わってきた。

老中の登城下城の行列は、体を傾けるようにしての早足を旨とした。

火急の際、老中の行列が急ぐと、天下の一大事が起こったと世間に知らしめることになる。そこで普段から老中の行列は早足が習わしだった。

（田沼意次の下城ならば……）

磐音は瞑目し、最後の問いを自らに発した。

（暗殺をなすか）

その答えが出ない前に、磐音の周りに妖気が漂った。

両眼を開いた。

盲目を偽装して杖を突き、花笠を被った丸目歌女が立っていた。

「すでに尚武館なく、佐々木一族の命も風前の灯《ともしび》じゃな」

「今宵の佐々木磐音、いささか常軌を逸しておる」

と磬音が怒りの声で応じた。

歌女が杖を振った。すると杖が薙刀に変じた。

「逃げぬのか、今宵は」

「そなたの首、貰い受けた」

けっけっけ、と笑った歌女が一気に間合いを詰めてきた。

磬音も歌女に向かって走りながら、

「異常」

を感じていた。

もはや歌女の役目は終わっていた。

田沼意次は家治の後継を選ぶ役目を命じられていた。佐々木玲圓と磬音が生きていようと死んでいようと、もはや大勢は決していた。

丸目歌女は家基毒殺の布石として、役目を立派に果たし、勝負に完勝していた。

それでもなお磬音との勝負に拘るのは、丸目高継の仇を討つためか、あるいは磬音の心を読んで田沼意次暗殺を阻止するためか。

磬音は足を止めて、備前包平を抜いた。

脇差はなく、代わりに家基から頂戴した小さ刀が腰に差し込まれていた。

歌女が数間先に迫っていた。

包平を正眼に構えた。

その瞬間、怒りに燃えた憎しみの剣から、

「春先の縁側で日向ぼっこをしている年寄り猫」

と評される居眠り剣法に戻したのは、自然の法に従ったからだ。

歌女がその場に止まり、草履《ぞうり》を履いた片足を持ち上げると、
とんとんとんとん
と間拍子《まびょうし》を取り始めた。

磐音の想念がはっきりとしてきた。

歌女の花笠の上におぼろな影が生じ、魂が離れた。すると歌女の体からもう一つの歌女、分身が生じ、磐音の背後に飛んだ。

一人の歌女は薙刀を、もう一人の歌女は刀を構えて磐音に前後から迫ってきた。

磐音は正面の薙刀の歌女に、

「笑止なり、丸目歌女どの」

と言いかけ、間合いを自ら詰めた。

後ろの分身が磐音に迫った。

正眼の包平に歌女の薙刀が絡んできた。

磐音は間断なく繰り出される薙刀を弾き、流した。

刃と刃が絡んで火花が散り、大名小路に降り残った雪の上に落ちた。

「最期の時ぞ」

と狂気の歌女の両眼が磐音の双眸《そうぼう》を釘付《くぎづ》けにし、背後から歌女の分身が無言で迫った。

磐音は絡んだ薙刀の刃を包平で虚空に流した。

包平が優美な軌跡を描いて反転し、歌女を袈裟《けさ》懸《が》けにしようとした。

背後の分身は磐音の背を裁ち割ろうとした。

磐音の刃が歌女の肩に一瞬早く届いた。

「うっ」

と呻いて歌女が立ち竦み、訝しくも顔に笑みを浮かべた。

次の瞬間、磐音の背に刃が迫っていた。

磐音は歌女の肩に十分に食い込ませた包平の柄から両手を外すと、そのまま雪道に腰を落とした。

ために背を襲う刃が歌女の脳天を割った。

「ぎええっ！」

歌女の絶叫が響いた。

磐音は頭上の絶叫を聞きながら、腰の小さ刀を抜くと後ろから迫った分身の足の甲を雪の地面に釘付けにした。

「ううっ」

呻き声を聞きながら磐音はごろりと横に転がった。

釘付けにされた分身が苦悶の表情を浮かべた。

右手一本の剣が歌女の花笠を斬り裂いて脳天に止まっていた。

「浅はかなり、丸目喜左衛門高継どの」

「お、おのれ」

歌女の姿態が丸目高継に変じた。

「愚か者が」

祖父の丸目高継の片手斬りを受けた歌女の体がぐらりと揺らぎ、磐音の転がったほうへと倒れてきた。

磐音は歌女の肩に食い込んだ包平の柄を摑むと抜いた。そして、雪の大名小路に斃れ込む歌女に代わって、立ち上がった。

丸目高継が右手一本に支えた剣の切っ先を磐音に回してきた。だが、地面に小さ刀で釘付けにされた丸目高継は、その場から動けない。

「家基様から拝領した小さ刀が、百余年の妄執を生きる丸目高継どのの邪心を田沼意次屋敷の前に釘付けにいたした」

「おのれ、さ、佐々木磐音」

磐音が間合いを詰めた。

丸目高継が片足の甲を地面に縫われながらも、磐音から間をとろうとした。だが、動けない。

次の瞬間、縫われた片足をそのままに身を虚空に投げ出し、右手一本に保持した剣を、踏み込んできた磐音の喉元に送り込んだ。

身を捨てて相手を斃す反撃の技だった。

だが、磐音は冷静に高継の動きを読んでいた。包平を虚空に横に倒し、浮かんだ丸目高継の首筋に打ち込んだ。

ぱあっ
と百年の孤独を生き抜いた一代の剣客、丸目高継の血が散って雪を染めた。

どさり

と体が落ちると、地面に釘付けにしていた小さ刀が撥《は》ね飛んだ。

歌女のかたわらに落ちた高継の体がひくひくと痙攣し、
ことり
と息絶えた。

磐音はしばらく二人を見下ろしていたが、包平と小さ刀を鞘に納めて丸目高継と歌女に合掌した。

ざっざっざ
と雪を蹴散らし地面を踏み締める音が近付いてきた。

磐音は田沼意次の七曜紋が弓張り提灯の灯りに浮かぶのを見て、田沼邸の前から姿を消した。

磐音が神保小路に戻りついたとき、八つ半（午前三時）の頃合いであったろうか。最前まで引っ越し騒ぎの中にあった佐々木家の母屋も離れ屋も森閑としていた。

道場に人の気配があった。だが、動く気配はない。

磐音は母屋に灯りが零れるのを見て、足を向けた。その心中は平静に戻り、

「養父上、養母上、ただ今戻りました」

と声をかけた。

応答はない。

磐音は包平を抜くと、玄関から廊下を抜けて真っ直ぐ仏間に向かった。

線香の匂いが、襖が立て回された仏間の向こうから流れてきた。

襖の前に座した磐音はしばらくその姿勢で瞑目し、両眼を見開くと、静かに襖を開いた。

行灯《あんどん》の灯りが死の光景を浮かばせた。

仏壇の前、裏返しにされた畳の上、西の十万億仏土の方角に向かって、白の継《つぎ》裃《かみしも》の佐々木玲圓と同色の小袖を着たおえいが突っ伏していた。

(養父上、養母上)

胸の中で呼びかけた磐音は声もなく慟哭した。その気配は道場にも伝わった。

だが、動かない。

どれほどの時間が過ぎたか。

磐音は玲圓とおえいの死の佇まいを検《あらた》めた。

玲圓は喉を懐剣で突いたおえいに止《とど》めを刺した後、自らは西に向かって十念し、伝来の短刀の切っ先を左の脇腹に突き立てると右手に引き回し、返す刀で胸の下、鳩尾《みぞおち》に刃を深々と突き立てる正十文字の見事な割腹で自裁していた。

「磐音先生」

と密やかな声がした。

小田平助の声であった。

「なんぞ御用がございましょうか」

弥助の声が続いた。

磐音が振り向くと、襖の向こうに小田平助、弥助、霧子が座していた。

「小田平助どの、弥助どの、湯灌《ゆかん》をなす。湯を頼もう」

「季助さんが湯は沸かしております」

と弥助が答えた。

「助かる」

と応じた磐音は霧子に、

「引っ越しに使うた大八があろう。玄関へ回してくれぬか」

と命じ、霧子が無言で頷いた。

磐音は玲圓とおえいの体を湯で浄め、用意されていたもうひと組の白装束に着替えさせた。

　その間、仏間にだれも入ってこさせなかった。

　佐々木家に入った後継のみに託された務めだからだ。

「たれかある」

と襖の向こうに声をかけたとき、すでに明け六つが迫っていた。

「小田平助様と、霧子とわっしが控えております」

「養父上と養母上を道場に運び、回向《えこう》をいたす。襖を開けよ」

と磐音が命じ、襖が静かに開けられた。

　磐音は佐々木家の桔梗紋が染め抜かれた小袖と羽織袴姿で、玲圓とおえいの亡骸に従っていた。

　三人はその場で合掌すると、磐音の命に従い、二人の亡骸を先祖の位牌とともに、仏間から尚武館の見所前《けんぞ》へと運んだ。

　その前で磐音らはただ亡骸に向かって頭を下げ、合掌して短い法会を終えた。

　すべて無言裡に行われ、尚武館の道場から玄関先に横付けされた大八車に二人が並んで乗せられた。その上に白布がかけられ、さらに油紙で覆われた。

　磐音は袴の裾を絡げて、仕度をなした。

「若先生、お伴をしてはいけませぬか」

弥助が遠慮深げに問うた。

雪が再びちらちらと舞い始めていた。雪が降り残ってもいた。なにより明け渡しの明け六つが近付いていた。

「願おう。ただし途中までじゃ。最後はそれがし一人で務めるが、それでようござるか」

「へえ」

と弥助が答えた。

「霧子、尚武館の扁額《へんがく》を下ろしてくれぬか」

と最後の命を下した。

佐々木玲圓とおえいの亡骸を載せた大八車を磐音、小田平助、弥助、霧子の四人が押し、雪道の神保小路を表猿楽町に向かって進み始めた。

明け方、おこんは小梅村の今津屋の御寮でふと目を覚ました。

今日からこの御寮で新しい日々が始まる。だが、それは仮の暮らしでしかない。

この先、どうなるのか。

　おこんには考えが浮かばなかった。

　寝床に起き上がると雪が降り始めた気配があった。

（私は深川六間堀で産湯を使った娘）

どんな暮らしでも耐えられる、と思った。なにより磐音様と一緒なんだもの、と考えたおこんの脳裏に居座る想いがあった。

（養父上と養母上は）

　武家とは非情なものだ。

　それが佐々木家に嫁に入ったおこんの考えだ。

　万が一……その先の死の光景を想像したくなかった。

「うっ」

と突然おこんを吐き気が襲った。

　この数日、あまりにも激しい変転があった。

　おこんの脳裏に、小吉の漕《こ》ぐ屋根船に乗って本所深川を巡る大納言家基の楽しげな姿が浮かんだ。

（その家基様はもはやこの世のお方ではない）

　家基が、宮戸川の鉄五郎親方が焼いた鰻の蒲焼を食する楽しげな笑みの顔を思い浮かべて、目頭が熱くなった。

（それにしても尚武館を追われる身になるとは。人間の運命とは分からないものだわ）

また喉をついて吐き気が襲った。

まだ引っ越しも終えていないのに体調を崩すなんて、佐々木家の嫁失格だわ、とおこんは考えた。

（今日はこの御寮に養父と養母を迎えなければならないのよ。おこん、しっかりしなさい）

と自らを激励した。

おこんは玲圓とおえいの死を想起しながらも、それを頭の中から排除していた。

その瞬間、おこんは気付いた。

（まさかこのようなときに）

やや子が生まれるのではないか。

おこんは動揺した。

だが、雪が霏々と降る気配が、人の営みと自然の摂理を思い起こさせた。

「おこんに子が生まれるのよ」

おこんは小さな声を出して腹の上にそっと手を当てた。

その刻限、磐音は独りで大八車を引き、東叡山寛永寺境内の忍ヶ岡にある寒松院、佐々木家の隠し墓に向かい、汗みどろになりながら佐々木玲圓とおえいの亡骸を運び上げていた。

佐々木家の隠し墓には当主のみが密かに埋葬された。だが、磐音はその仕来りを破り、玲圓とともに殉死したおえいを葬る決断をなした。

(養父上も拒まれはすまい。いや、喜んでいただけよう)

磐音の背に新しい朝がひっそりと忍び寄る気配があった。

おこんとの間に後継が宿ったことを磐音は未だ知らず、ただ佐々木家の秘められた死の儀式を、残された者の務めを果たそうともがいていた。

あとがき

『居眠り磐音江戸双紙　更衣ノ鷹』の上巻から下巻を書き継ぐ間に、久しぶりに休暇をとってイタリアのサルデニア島とフランスのコルシカ島に行ってきた。

格別に見物する目的地があってのことではない。いや、目的がない旅が私の旅かもしれない。ぼおっと島特有の時の流れに身を晒《さら》す、それだけの旅だった。

いや、密やかな考えが私の脳裏にあった。

「居眠り磐音」が最大の山場を迎えようとしていた。このシリーズを書き始めたとき、これほど長いシリーズになるとは考えもしなかった。それが既刊三十巻を数え、読本まで上梓《じょうし》してもらった。

なんという幸運か。

磐音と歩いてきた歳月は七年余だが、百年も二百年も、長大な時が流れたようなそんな気がした。

つかない。

「居眠り磐音」がどこへどう流れていこうとするのか、作者の私にも皆目推測もつかない。

「シリーズ完結五十巻」

と大ほらのような打ち上げ花火を上げたのは、偏《ひとえ》に自らを鼓舞するためであった。進行する物語にとっては五十という数字に意味があるわけもない。

ただ今直面しているテーマがこのシリーズの山場に、いや、大きな節目になることだけは確かだ。

そこで心をリフレッシュして、体調を整え、

「家基の死」

に臨みたかったのだ。

成田国際空港からローマ経由で乗り継いでその夜の内にサルデニア島のカリアリ空港に降り立ったのは、深夜の十一時半だった。

どことなく寂しげな、侘《わび》しげな夜の空港の雰囲気に、

「旅をしていた頃の自分」

を思い出した。

このところパソコンの前で仕事をするだけの日常で、旅をする機会を自分で作

らなかった。

いや、若い頃さんざ旅をしてきたからいいやと自らに言い聞かせて、ただ仕事をしていた。日常を離れて、

「異界に身をおく」

ことで蘇《よみがえ》る感覚や感性があることをカリアリ空港の夜に感じた。

架空の磐音の江戸物語を異なった空間と時間の流れから眺めて、山場を書く、そのためにパソコンも本も持参しなかった。パソコンのキーボードに触れない日々なんて何年ぶりだろうか。

不安が過った。

でも、そのことを実行した。

家族と一緒にひたすらイタリア料理を食し、島で造られた白ワインを飲み、時に食後酒のミルトを楽しんだ。

島滞在三日目頃より、わが血の中にオリーヴの精がひたひたと染み込み、体質が変わる予感を抱かされた。

カリアリ、サッサリ、アルゲーロ、サンタ・テレサ・デ・ガウラと旅し、コルシカ島にフェリーで移動してボニファシオ、再びイタリア側に戻ってゴルフォ・

アランチ、島を離れてチビタベッキア、何年かぶりに休暇を楽しんだ。

この磐音の世界を離れての旅が、私になにか新しい刺激をもたらしたなどとは思わない。ただこれまでどおり構えず、普段どおりに書こうと再認識しただけの旅であったかもしれない。

台風十八号一過の朝、『更衣ノ鷹』の下巻を脱稿した。

磐音とおこんは物語最大の挫折を味わうことになった。これまでよりさらに重荷を背に負っての人生は続く。

一方、田沼意次はこれから絶頂期を迎えることになる。

となれば、どれだけ苦しくても磐音とおこんは、新たな戦いの野に向かわねばなるまい。

作者も体調を整えて新たな挑戦に立ち向かおうと思う。

磐音にも私にも未だ地平の果ては見えない。

平成二十一年十月九日、熱海オリーヴ荘にて識す

佐伯泰英

巻末付録

江戸よもやま話

鷹狩り——江戸の鷹場

文春文庫・磐音編集班 編

別れは突然訪れました。

丸目歌女が送り込んでくる執拗な刺客を退け、家基を守るために奔走する磐音でしたが、奮闘も空《むな》しく、将来を嘱望された将軍家嗣子はあっけなく身罷《みまか》りました。無情にも道場は閉鎖され、養父玲圓は、自ら毅然とした決断を下します。磐音とおこん、新たなる苦難の旅が始まろうとしています。

身に迫る危難にも関らず、家基は立て続けに鷹狩りに出ます。彼を駆り立てていたものは、次期将軍としての使命感か、それとも男の意地か——。今回は、『更衣ノ鷹 上』巻末付録に続き、「鷹狩り」後編です。

鷹狩りを偏愛した徳川家康の跡を受けて、二代将軍秀忠《ひでただ》も鷹狩りに精を出しましたが、その腕前はというと、父親には及ばなかったようです。ある時、雁《がん》を仕留めようとした秀忠、「鉄砲めして直に打とめ給ひぬ」。その理由は、「われ鷹使ふ事は思ふ様にもなけれども、銃技はすこし手に附様にもおもへば」とのこと。関ケ原の戦いに遅参したことで武勇はいまいち評価されませんが、さすがは戦国武将というエピソードです。ちなみに、よほど思い入れがあったのでしょう、秀忠の墓には火縄銃が副葬されていました。

三代将軍家光《いえみつ》は、遠方まででかけていた祖父と父の鷹狩りを改め、江戸城の近郊五里（約二十キロ）以内に日帰りで行うようになり、以後の通例となりました。品川、高田、麻布、目黒、千住、隅田川、王子……今では繁華街や住宅地となった場所に鷹が飛び交っていたのです。家光は小説などでこそ凜々《りり》しく描かれますが、病弱で貧相、無口な人物で、長じてからは気鬱《きうつ》の病にも悩まされたといわれます。鷹狩りに向かう道中、身なりが派手な旗本の供連れを見咎めて追放させたり、石垣を巡らし、柿葺《こけらぶ》きが贅沢な屋敷を構えていた家臣に取り壊しを命じたりと、常に部下の行状に目を光らせていました。家康のような、無邪気なほどの鷹狩り愛は全く感じません。

家光の跡をわずか十一歳で継いだ四代将軍家綱《いえつな》にいたっては、鷹狩りは麻布と隅田川で行われ、多いときでも年六回、年によっては二回ということもありました。事実上の縮小は、生来虚弱体質であった家綱の体調に配慮したものだったのでしょう。

もっとも、温和な性格だったと伝わる家綱が、鷹狩りで声を荒げたことがありました。鷹から逃げようとする白鳥を徒士《かち》三人が争うように捕まえたのを見て、「これが軍陣ならば、敵一人を三人で争って討ち取るようなものだ、情けない」と激怒し、三人を改易《かいえき》してしまったというのです。少しの油断が生死を分ける戦場で、他を抜いて軍功を挙げる――そんな殺伐とした戦国の気風が過去となった時代。家綱にとって鷹狩りは、軍事訓練ではなく、形式美が求められる儀礼だったのかもしれません。

将軍就任後、ただの一度も鷹狩りを行わなかったのが五代将軍綱吉《つなよし》です。元禄《げんろく》六年(一六九三)、鷹匠《たかじょう》による鷹狩りを全面的に禁止、鷹部屋(鷹の飼育・調教施設)に残っていた鷹を伊豆新島で放し、鷹匠ら役人も削減。諸大名への梅首鶏《ばいしゅけい》や雲雀《ひばり》、雁などの下賜も停止され、天皇への「御《お》鷹《たか》之《の》鶴《つる》」献上儀礼も、のちに取りやめになりました。

鷹狩りを目の敵にした綱吉。「生類憐みの令」によって犬などをペットとして飼育することを禁じ、過剰な動物保護を打ち出した「犬公方」として悪名が高いだけに、鷹狩りの禁止もその一環と考えられますが、実際は、「仁政」を掲げてスタートした政権初期から、鷹狩りの縮小は始まっていました。組織のスリム化、経費削減を進めるなか、鷹狩りは無駄なものとして映ったのでしょう。

極端な変更の後は、強い揺り戻しが働くもの。「犬公方」の後は、鷹狩りの再興と整備に尽力し、「鷹将軍」と呼ばれた徳川吉宗《よしむね》が登場します。

綱吉の死後、生類憐みの令は解除されましたが、宝永《ほうえい》七年（一七一〇）、幕府に先駆けて鷹狩りを復活させたのが、紀伊藩主だった吉宗でした。享保《きょうほう》元年（一七一六）、八代将軍に就任するや、鷹狩りを再興すべく、改革が断行されていきます。

まずは、鷹の確保と、鷹匠の組織作りが急務でした。戸田五助と小栗長右衛門を頭とし、上役、見習い、同心あわせて三十名が所属する組をふたつ作り、鷹五十居《もと》（鷹は一居、二居と数える）ずつの馴養《じゅんよう》を、千駄木《せんだぎ》と雑司《ぞうし》が谷《や》に新設した鷹部屋で当たらせました（のち、城内の吹上《ふきあげ》に、飼育施設付き役所も置く）。

ただ、中断された空白の期間に鷹を飼育するノウハウが継承されなかったためか、試行錯誤した様子がうかがえます。塒《とや》（鳥屋）の中で飼われる鷹（塒鷹《ねぐら》）は、塒に入るとあまり餌を食べなくなるという習性があり、餌である雀や白鳩、土鳩をどのように与えたらよいかがわからない。毛は抜いた方がよいのか、皮はつけたままでよいのか……。いろいろ観察した結果、「皮も喰切、或者ふり切、骨も喰候様に相見エ申候」と報告されたようです（「享保年中御鷹心得方其外帳」）。さらに、一日に雀は十羽、鳩なら三羽も必要とされる鷹餌を調達するのも大変なことでした。「餌指《えさし》」と呼ばれる役人が各地に出張り、鷹餌として鳥を調達するとともに、鳥を扱う商人に請け負わせて、鷹餌鳥を確保していました。享保八年の記録では、幕府が請負人に支払った鷹餌鳥の年間調達代金は、金千八百二十四両。十八世紀、米価換算で一両＝約六万円（日本銀行金融研究所貨幣博物館HPより）とすると、餌代になんと約一億円！　当時の鷹餌鳥は、金一両で雀二百五十羽が買えたとされますから、単純計算で四十五万六千羽もの雀が必要だったことになります。驚くべき金喰い鳥！

享保二年五月、将軍の鷹狩りは亀戸《かめいど》・隅田川辺で復活しました。両国橋から麒麟丸に乗船した将軍一行は、隅田川を下り、いったん江戸湾へ。中川から亀戸の天神橋で陸に上がり、亀戸天神で休息。再び船に乗り、水路づたいに進み、隅田川堤で狩りを行いました。随行した多数の大名や幕臣が最も驚いたのが、吉宗自ら〝鉄砲〟で鷭《ばん》を仕留めたこと。鷹ではないのか！（笑）　ともあれ、鷹狩り後には、捕った鳥を御三家や大名へ下賜する儀礼も再開します。

ただ、さすがに遠方への鷹狩りは難しかったようで、江戸城に日帰りできるコースの整備が進みます。江戸城の五里四方に、将軍専用のプライベート鷹狩り場として「御留《おとめ》場《ば》」を再設定。これはほどなく「御拳場《おこぶしば》」（将軍自らが拳の上に鷹を据えて狩りを行う、の意）に改称され、江戸城を中心に周囲を六筋（東側から、葛西《かさい》、岩淵、戸田、中野、目黒、品川の各筋。図1参照）に分けました。要するに、江戸城外濠から外側は全て鷹狩りの場としたことで、鷹匠による鷹場の一括管理が可能となりました。御拳場に設定されることで、たとえ作物を食い荒らす害鳥でも駆除はできなくなり、寺社や屋敷を新たに建てて景観を変えることも禁じられました。

各所に「鳥見《とりみ》」という管理人が置かれ、域内の鳥の監視や環境の整備を行いましたが、将軍の鷹狩りを支えたのは、鳥見の下に置かれた「綱差《つなさし》」でした。というのも、江戸初期以来の大規模な耕地開発で、獲物となる鳥の生息環境が悪化していたので、獲物になる鳥をあらかじめ飼育する役目を担ったからです。たとえば、品川筋の綱差役を務めた牧戸甚内は、もと伊勢国松坂の百姓ながら鶴の生け捕りに優れ、紀伊藩のお役を務めていたところを、吉宗が江戸に呼び寄せました。また、目黒筋の綱差役を世襲した川井家の初代・川井権兵衛は、近隣でも有名な雉《きじ》捕りの名人でした。「♪権兵衛が種まきゃ、カラスがほじくる、三度に一度は追わずばなるまい、ズンベラ、ズンベラ～」は、雉をおびき寄せるために撒いた大豆を食べてしまう鳥と、権兵衛さんの戦いが面白くて生まれた俗謡だと言われています。

　六筋にはそれぞれ獲物に特色がありました。家基が鷹狩りを行ったのは、目黒筋と品川筋ですが、前者には広大

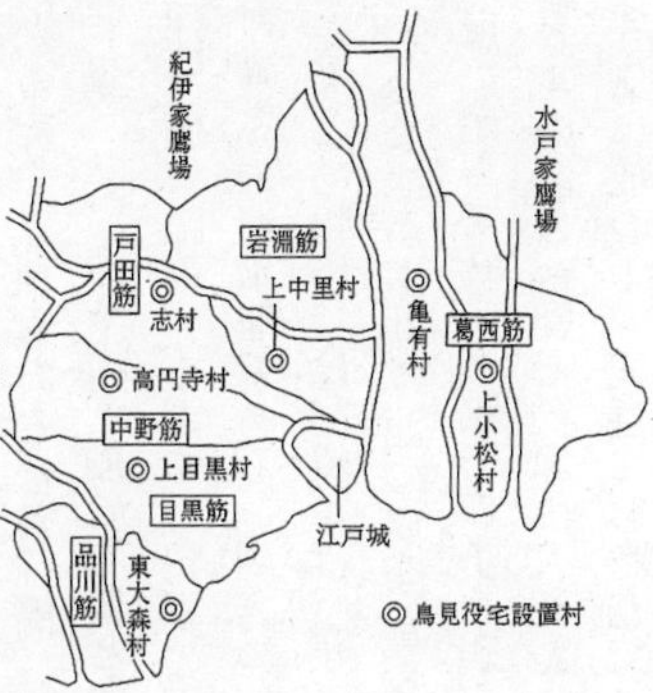

【図1】
御拳場は、江戸城外濠の外側から五里四方に設定され、管理のために六つの筋に区分けされた。御拳場の外側は、御三家の鷹場とされた。根崎光男『犬と鷹の江戸時代』より転載。

な原野が広がっていました。とりわけ「駒場野《こまばの》」（現在の東京大学駒場キャンパス）は、人の背丈ほどもある笹が一面に広がり、松林が点在する原野（約十六万坪、江戸城の約半分）で、雉や鶉《うずら》、猪や兎など多数の動物が生息していました。また、後者の品川筋は江戸湾に臨み、なかでも将軍の別邸である「浜御殿《はまごてん》」（現在は浜離宮恩賜庭園）には、江戸唯一の海水池である「潮入《しおいり》の池」や、野生の鴨《かも》などの水鳥が生息する鴨場がありました。この鴨場では、将軍は、オーダーメイドの鷹狩りを行うことができました。中央に大きな池があり、池の周囲からは放射状に細い堀が作られています。鷹匠が大覗《おおのぞき》（小屋）からアヒルと鴨の様子を観察し、頃合いを見て木槌で音を鳴らします。この音はアヒルの餌の合図で、堀に入っていくアヒルにつられて鴨も堀へ。そこに将軍登場、鷹を一気に放つ！　完璧にお膳立てされた〝接待鷹狩り〟ですから、将軍もさぞ気分がよかったのでしょう。十一代将軍家斉《いえなり》は、浜御殿に二百四十八回訪れ、そのうち百六十六回は鷹狩りをしたと記録されています。

もうお気づきのように、将軍の鷹狩りは、事前の仕込みが肝要でした。幕府の役人が準備を行うのは当然としても、それに付き合わされる近隣の村々は迷惑だったことでしょう。吉宗もそのあたりを心得ていたからか、将軍の鷹野御成《たかのおなり》にあたり、沿道の掃除をしなくてもよい、商店は通常どおり営業してよい、行列が通るときに正装する必要はない、など、住民の負担を軽くはしています。しかし、農作業を中断しての準備は多岐にわたりました。綱差は事前に獲物となる鳥を確保していましたが、その鳥の餌にするためのケラやイナゴは村人総出で捕まえねばなりません。また、将軍一行が通過する道筋の草刈りや木の枝払い、河川沿いの葦の枯葉の除去や、一行が道に迷わないように案内役になったり標識を立てたり、狩りに参加して音を出して獲物を追い立てる勢子《せこ》の役目、さらに鷹狩り中の休憩場所として指定された寺院や名主の屋敷——隅田村の木母寺《もくぼじ》、小菅村の伊奈半左衛門屋敷、木下川村の浄光寺、亀戸村の亀戸天神・普門院、中川番所、音羽町の護持院《ごじいん》、中目黒の祐天寺《ゆうてんじ》、深川の永《えい》代寺《たいじ》、そして家基が病を発した品川の東海寺など——での食事や茶菓子の世話まで、雑務の多さには目がまわりそうです。将軍の鷹狩りには、膨大なお金と労力が必要だったのです。

【図2】
獲物が多数生息し、さかんに鷹狩りが行われた目黒筋の「駒場野」。さる貴人の拳にとまる鷹が凛々しい。歌川広重画『江戸名勝図会』（国立国会図書館蔵）より。

家康がこよなく愛した鷹狩りは、やがて武家社会の秩序維持に活用されるようになります。一時中断しますが、享保の改革で幕府中興の祖とされる吉宗の手厚い保護によって、現代にまで続く鷹狩りの文化が形作られました。

吉宗は、将軍引退後、中風（脳卒中）に倒れます。いったんは快復し、寛延《かんえん》四年（一七五一）三月、本所で久々に鷹狩りを楽しみますが、これが病後のからだに障《さわ》ったのか、再び発作を起こして倒れ、三か月後死去しました。人生の最後まで鷹狩りを楽しむ。奇しくも、その最期まで篤く信奉していた家康と同じでした。

【参考文献】

服部勉・進士五十八「江戸期浜離宮庭園における回遊利用の図上復原についての研究」（『造園雑誌』五十四巻五号、一九九〇年）

根崎光男『将軍の鷹狩り』（同成社江戸時代史叢書3、一九九九年）

篠田達明『徳川将軍家十五代のカルテ』（新潮新書、二〇〇五年）

根崎光男『犬と鷹の江戸時代――〈犬公方〉綱吉と〈鷹将軍〉吉宗』（吉川弘文館、二〇一六年）

本書は『居眠り磐音 江戸双紙　更衣ノ鷹（下）』（二〇一〇年一月　双葉文庫刊）に著者が加筆修正した「決定版」です。

編集協力　澤島優子
地図制作　木村弥世

文春文庫

更衣《きさらぎ》ノ鷹《たか》　下

居眠《いねむ》り磐音《いわね》（三十二）決定版《けつていばん》

定価はカバーに表示してあります

2020年6月10日　第1刷

著　者　佐《さ》伯《えき》泰《やす》英《ひで》

発行者　花田朋子

発行所　株式会社　文藝春秋

東京都千代田区紀尾井町 3-23　〒102-8008
TEL　03・3265・1211㈹
文藝春秋ホームページ　http://www.bunshun.co.jp

落丁、乱丁本は、お手数ですが小社製作部宛お送り下さい。送料小社負担でお取替致します。

印刷製本・凸版印刷

Printed in Japan
ISBN978-4-16-791515-5